河出文庫

ほんとのこと言えば？

佐野洋子対談集

佐野洋子

河出書房新社

ほんとのこと言えば？ 佐野洋子対談集 — 目次

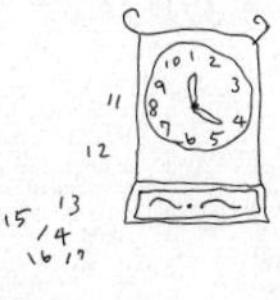

WATER

ほんとのこと言えば？　佐野洋子対談集

1988

猫対談

俳優
小沢昭一

佐野　うちね、今こうやって数えてみたらね、五匹飼ったんですよ。そのうち三匹は死んじゃったりどっかに行っちゃったりで、今は二匹いるんです。
小沢　僕のところは、十七、八年生きてた猫なんですが、三年前に死んじゃったもんですからね……。
佐野　もうお飼いにならない？
小沢　ええ、実にあの別れがつらくてね、二度と味わうのはイヤだから、もう飼うまいと決めた。うちへ帰ってきてドアを開けたときに、何かヤッコがね、声出して迎え出てくるような気が、まだね、します。
佐野　私、最初は猫って好きじゃなかったの。子どものころ、猫がいるとごはん食べられなかったしね、兄弟ゲンカなんかするとさ、相手がすぐ、猫持って私のこと、追いかけるわけ。そのくらいに苦手だったから、猫飼うときすごい度胸いったのね。で、飼ってみると、猫がうちにいるというのが当たり前の気がしてきて。ずーっとそういうのが永遠に続くような……。
小沢　ま、家族と同じ感じですね。家族もだいたいそう思うんですねえ（笑）。

佐野　猫がいないと、留守してうちに帰ると、だーれもいない、死んだうちに帰っていくような気がするのね。ところが、猫がいるとずうっとうちが……。

小沢　はいはい、生き続ける。

佐野　っていう気がするのね。でも、帰ってくると怒ってるでしょう？

小沢　いや、うちの猫は――「ネコ」って名前だったんですけど……もうね、足音聞こえたくらいから、鳴いて中に迎え入れる。

佐野　そう？　うちの猫もそうなんだけれど、私が帰るとすぐオシッコするの。

小沢　ああ、それはうれしさのあまり（笑）。

佐野　帰ると、ジャーッてオシッコするんだけど、そのときすっごくさ、「このひと、寂しかったのかしら、我慢してたのかしら」って思うの。

小沢　へぇーっ。

佐野　もう少し長い留守になると、決まって私のフトンの上にジャーッてするの。

小沢　はあ。大きな喜びを、普通のところとフトンとで違いを表現してるのかもしれないですけどね（笑）。何かのときにオシッコするというのは、セミでも人間でも、万物共通かもしれない。

でも、それはきっと、その猫の特性なんでしょうなあ。ただ、自分のうちの猫の特性だろうと思っていると、どこの猫でもやってたりすることもある。僕なんかでもね、猫のちょっとした態度を見て、かわいいことやるなあ、うちの猫は！　なんて思ってたらね、あっちこっち見ると、どこのうちの猫でもやってんですよ、そんなこと。それで、ああ、なんだ、たいしたことなかったんだな、なんか思ったりしてがっかりするの（笑）。

佐野　私はね、猫っていうのはほとんど皆同じだと思っていたのね。ところが、二匹飼って違う、三匹飼って、四匹飼って、全部違うのね。バカで、トンマで、グズだと思ってた猫が、ほかの猫と一緒にいると全部をうまくまとめるって言うか、実は「人格者」だったってことがわかったり（笑）。

小沢　スケールが大きいと言うか、内容の豊かな猫だったんですね（笑）。本当に、猫は賢いんですよね。

佐野　賢いんですか（笑）。

小沢　本当によくわかってますよ、なんでも。人が来るとちゃんと迎えに出ますしね、うちの猫なんか、きちっと玄関に出てくる。どんなお客が来ても、いっぺん顔を見に出て来ますね。それから、ヘンなやつだと足噛んだりするんです。

佐野　なぜ噛むか、わかりました？

小沢　よくわかりませんけど、大別すると、主人もあまり気に入らないのを噛んでますね（笑）。

佐野　そうですか、かわいいでしょう（笑）。

小沢　だから、逆に、噛んだんで、ああそうか、俺はアイツのこと嫌いなんだってわかりましたけどね（笑）。どこか主人を代行してるところがあるようですね。それから、役に立つという意味では、うちの子どもたちが成長していく過程でね、すごく猫は大きな存在だった。娘が受験勉強やってた時期には、二階の勉強部屋から下りてきて猫を抱いて、かりそめのね、休憩時間を取る。夫婦ゲンカなんかしてフッと言い合いが途切れたときも、猫を抱いて怒りをしずめるとかね。そういうところ、まことにね、彼女は尽くしましたね。

佐野　うちの子なんか、小さいときに怒ったりすると泣くでしょ。そうすると、猫、とにかく猫をまず抱きに行って、ベッドに行って、猫の背中でこうやって涙ふいて……。腹立つと、やはり蹴っ飛ばして歩いてたりしましたしね。

小沢　なんて言うのかなあ、子どもに至るまでうち中のいろんな主人にとって、非常に便利な精神的な家庭器具と言うか（笑）。大きな功績を残して死んでいったと、そういう感じが非常に強いんですね。

佐野　こういうことはありませんでしたか。たとえば、小沢さんが奥さんとベッドに入っていると、必ず間に入りたがるとか。

小沢　うちは神のような夫婦でございましてね（笑）、うちの中で一番遠い距離でそれぞれ寝てるんで、そういうことはなかったんですが、猫が入ってくのは女房のところでした。私のところには入ってこなかった、絶対に。それが、あるときですね、猫が死ぬな、と思った時期があったんです。それまではあんまり面倒を見てなかったんですが、「もうすぐお別れがくる」と思ったときから、体、ブラシで梳《す》いてやったり食べ物をやったり、僕が溺愛しちゃいましてね。絵のような猫っかわいがりをやったんですよ、俺が猫か、猫が俺かというところまでね（笑）、かわいがった。そうしたらばね、猫のほうが様子見い見い少しずつ僕に近寄ってきて、寝床にも入ってくるようになってきた。あれは実にいいもんでした。それが三か月くらい続いて、最後はちょうど、芝居の旅に出ていた留守に死にました、はい。でも、犬って、見ず知らずだってヨイショするでしょ。

佐野　私ね、うち、犬もいるんですよね。その犬がね、じっと私を見て「愛してちょうだい、愛してちょうだい」っていう目つきしてるわけね。

小沢　いいですねえ、それはねえ。

佐野　でも、私、それと目合わせたくないの（笑）。見た途端に、しっぽ、ペーンと振って「ずっと待ってたのよ」って。もう私、気が重くてさ（笑）。あの負担に耐えられませんね（笑）。

小沢　はあ。こっちが暇なときはいいですけどねえ。

佐野　どっか出かけるときなんか……。

小沢　この世の最後って言うか。

佐野　永久の別れって言うか（笑）。で、帰ってくると南極から帰ってきたみたいに……。

小沢　涙の対面（笑）。

佐野　それで、一度それに応えると、どんどん要求が増えてきて、もうとてもとても。私、それだけの愛を返してあげることはできないって（笑）。だけど、犬見て学んだことはね、犬って、こっちは留守中に犬のことなんてちっとも考えたりしてないのに、帰ってくるとワーッと私の周りを飛び回って、ただ喜ぶわけね。私ね、夫と一緒にいたとき、こんなふうにすればよかったんだって、思いましたね（笑）。

小沢　ハハハハハハ。それと、犬ってどっか一生懸命だけど、猫って一見、怠惰なように見えますね、グニャッとして。

佐野 でも、目の前を生き物がバッと横切ったとき、瞬間の反応の仕方っていうのは、本当に野性的ですね。あれ見てるとさ、人間が生きるの、あれでいいんじゃないかって、すごく思うの。天気がいいと寝ていて、自分が必要だと思うとバッとやって、また寝ていて。私が怠惰だからかしら（笑）。

小沢 それと、猫はわりと全部が見通せるところに場所取ってませんか？ 習慣で身を守るってこともあるのかもしれないけど、一番高いところに上がって、いつもわれわれ人間どもをね、見下して様子見てましたよ。

佐野 でも、見下すっていうの、高いところにいなくても、面と向かっても、見下されてる感じ、しませんか（笑）。すごくバカにされてる、なんでも知ってますよって。

小沢 そうですね、しますね。ゴリラも、いいのはそういう顔。ゴリラも見下す顔してますけど（笑）。僕ね、子どものころ、猫にずいぶん悪さをしたんですよ。それの免罪で猫をすごくかわいがったのかなあ、なんて思ったりするんですよ。昔は、針金で首引っかけて野犬の捕獲をやってたでしょう。それを子どものころに見てて、やりたくてねえ（笑）。だけど、犬でそれをやるのは怖いから、猫なら大丈夫って思って、自分で針金作ってですね、じっとしている猫つかまえて。で、りんご箱に網で戸をつけて、下には車もつけてね。それをガラガラ引っ張って町中を歩いてね。猫が箱の中にいっぱいになったら、近所の川に箱ごと入れてみて、通りがかりの親爺に殴られたこともあったな。子どもだから、そういう手塩にかけた悪さをする。でもね、正当化するために言うわけじゃないけど、少年のころにそういうこと、うんと発揮してたほうがね、僕はね……。

佐野　それ、子どものころに十分にやらないとダメですねえ。

小沢　人間の持っているイヤなところをいっぺん出すと言うか、そうすると、あと非常に平和と言うか、優しい人間になれるような気がするなあ。

佐野　私も、本当にそう思います。私はさっき言ったように子どものころは、猫のこと嫌いだったけど、今じゃ全然平気。男嫌いとか女嫌いだとかって、あんなもんじゃないんですか(笑)。でも、とにかく、うちの猫が一番かわいい。

小沢　それはそうですよ。よそのうちの猫がかわいいのも、自分のうちのがかわいいから、かわいいんですよ。道すがらチラッと見た猫をかわいいと思うのも、結局はね、自分ちの猫がかわいいっていうのを、かりそめに人の猫でやってるだけなんですね、どうも。

佐野　で、どっか探してるんですよね、うちの猫のほうが、どこがいいかなって

（笑）。

小沢　必ずみんなね、腹の中では自分のうちの猫が一番いいと思ってるんですよ（笑）。実は僕ね、「NEKOの唄」ってのを作ってレコードに入れてるんです。

〽猫はいいな、犬よりいいな、猫は尾っぽふって寄ってこない
夜、俺の部屋へ顔出して
チラッとこっち見て出ていったままで
寒い夜更けに、寒い夜更けに
俺が寝返ったらギャッと言った

（「Lee」1988・9／『日々談笑――小沢昭一対談集』ちくま文庫　2010・6）

1971年〜1989年 佐野洋子の仕事

1971年　三木卓 作　童話『七まいの葉』構造社　挿絵
もりひさし 作　絵本『やぎさんのひっこし』こぐま社　絵
他

1972年　三木卓 作　童話『おつきさまになりたい』あかね書房　挿絵
小薗江圭子 作　絵本『ぼくのくま』フレーベル館　絵
他

1973年　絵本『すーちゃんとねこ』こぐま社
神沢利子 作　童話『雲のさぶろう』文研出版　挿絵
他

1974年　絵本『おじさんのかさ』銀河社
三木卓 作　童話『しらべにきたよ』金の星社　挿絵
小薗江圭子 作　童話『ペンペングさとおにいちゃん』銀河社　挿絵
他、童話の挿絵、絵本、紙芝居など

1975年　絵本『だってだっての おばあさん』フレーベル館
工藤直子 詩集『おんなのこ』千趣会　挿絵
他、挿絵、絵本など
絵本『おじさんのかさ』 1975年度第22回産経児童出版文化賞推薦

1976年　絵本『わたしのぼうし』ポプラ社
絵本『おぼえていろよ おおきな木』銀河社
三木卓 作　童話『馬とつるくさと少年』エルム　挿絵
あまんきみこ 作　童話『七つのぽけっと』理論社　挿絵
小林純一 作　紙芝居『ぬいぐるみになったころちゃん』童心社　絵
他、童話の挿絵など

1977年　絵本『おれは ねこだぜ』偕成社
絵本『100万回生きたねこ』講談社
神沢利子 作　絵本『チコとゆきのあひる』ポプラ社　絵
松谷みよこ 作　絵本『いたい いたいはとんでいけ』偕成社　絵
他、童話の挿絵など
絵本『わたしのぼうし』
1977年度 第23回青少年読書感想文全国コンクール課題図書
1977年度 第8回講談社出版文化賞絵本賞

1978年　絵本『さかな1ぴき なまのまま』フレーベル館
雑誌「猫の手帖」 エッセイ連載（『私の猫たち許してほしい』）
他、童話の挿絵など

1979年　雑誌「ひろば」 エッセイ連載（『私の猫たち許してほしい』）
香山美子 作　絵本『ながぐつをはいたねこ』チャイルド本社　絵
他、童話の挿絵など

1980年　絵本『おばけサーカス』銀河社
雑誌「MORE」「モア・リポート」イラスト
森山京 作　童話『ねぼけてなんか いませんよ』フレーベル館　挿絵
他、童話、エッセイの挿絵など
絵本『おばけサーカス』1980年度 第27回産経児童出版文化賞推薦

【離婚】

1981年　雑誌「本の雑誌」 24号〜42号　エッセイ連載（『佐野洋子の単行本』）
森山京 作　絵本『もうねむたくて ねむたくて』フレーベル館　絵
神沢利子 作　童話『あなじゃくしのおたまちゃん』サンリード　挿絵
他、童話の挿絵など

1982年　絵本『あのひの音だよ おばあちゃん』フレーベル館
絵本『空とぶライオン』講談社
童話『わたしが妹だったとき』偕成社
エッセイ集『私の猫たち許してほしい』リブロポート
雑誌「ビートニク」 エッセイ連載
工藤直子 詩集『てつがくのライオン』理論社　挿絵
他

1983年　絵本『ともだちはモモー』リブロポート
創作短編集『ほんの豚ですが』白泉社
エッセイ集『アカシア・からたち・麦畑』文化出版局
画文集『猫ばっか』講談社
IBM機関誌「IBM USERS」 小説連載（『こども』）
「毎日新聞」「neaf」「Free」 エッセイ連載（『佐野洋子の単行本』）
住井すゑ作　絵本『かっぱのサルマタ』河出書房新社　絵
他、エッセイ連載、童話、雑誌の挿絵など
童話『わたしが妹だったとき』
1983年度 第1回新美南吉児童文学賞受賞

1984年　童話『ふつうのくま』文化出版局
童話『こども』リブロポート
童話『ぼくの鳥あげる』フレーベル館
エッセイ集『恋愛論序説』冬樹社
谷川俊太郎 共著　エッセイ・他『入場料八八〇円ドリンクつき』
白泉社（『入場料四四〇円ドリンクつき』集英社文庫）
ベラ・B・ウィリアムズ 作　絵本『かあさんのいす』あかね書房　翻訳
他、装画、童話の挿絵など

1985年　創作短編集『嘘ばっか』講談社
エッセイ集『佐野洋子の単行本』本の雑誌社
（『がんばりません』新潮文庫）
絵本『まるで てんで すみません　1・2・3』童話屋　長新太 絵
他、童話、エッセイ集の挿絵など

1986年　エッセイ集『ラブ・イズ・ザ・ベスト』冬芽社
IBM機関誌「IBM USERS」 創作連載（『乙女ちゃん』）
雑誌「旅の手帖」 小説連載「或る女」（『問題があります』）
別役実 作　絵本『ねこのおんせん』教育画劇　絵
他、絵本、イラスト、挿絵など

1987年　童話『あの庭の扉をあけたとき』ケイエス企画
童話『わたし いる』童話屋
エッセイ集『私はそうは思わない』筑摩書房
「図書新聞」 小説連載（『右の心臓』）
脚本「自転車ブタがやってきて…」演劇集団 円
絵本『あっちの豚 こっちの豚』小峰書店　広瀬弦 絵
谷川俊太郎 共著　詩絵本『いち』国土社　絵
工藤直子 作　童話『おいで、もんしろ蝶』筑摩書房　挿絵
ジャネット＆アラン・アルバーグ 作
　絵本『ゆかいなゆうびんやさん』文化出版局　翻訳
他、挿絵、インタビュー、対談など

1988年　絵本『サンタクロースはおばあさん』フレーベル館
小説『右の心臓』リブロポート
創作短編集『もぞもぞしてよ ゴリラ』白泉社
創作短編集『乙女ちゃん』大和書房
対談・エッセイ『友だちは無駄である』筑摩書房
J・ウェブスター 作　谷川俊太郎 訳　小説『あしながおじさん』
　解説「毎日こんな女の子と暮らしたくなるではないか」
　理論社フォア文庫
谷川俊太郎 詩集『はだか』筑摩書房　挿絵
他、童話、エッセイなど

◆対談　小沢昭一

童話『わたし いる』1988年度 第35回産経児童出版文化賞受賞

1989年　IBM機関誌「IBM USERS」 エッセイ連載（『そうはいかない』）
「図書新聞」 創作連載「佐野洋子の動物図鑑」広瀬弦 絵
他

1990

男の目　女の目

臨床心理学者
河合隼雄

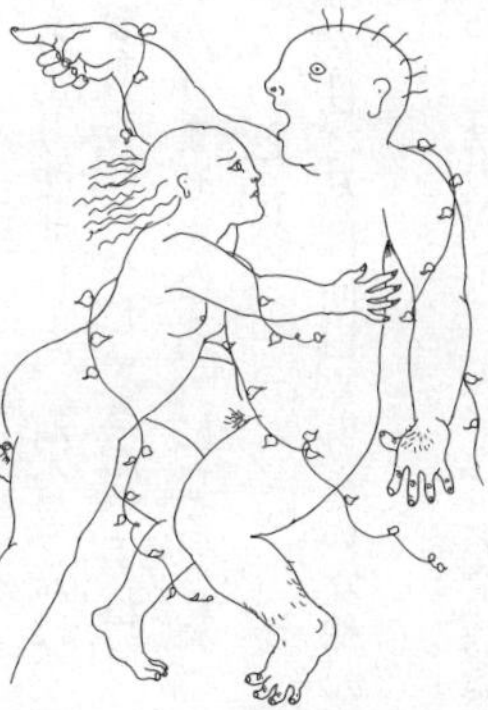

男の目、女の目

佐野 私、河合さんに伺いたいことが、いろいろありますけど、河合さんは、「ここだ」というところで「いやあ、わかりませんなあ」とおっしゃるんですね。

河合 ええ、大事なところにくると、大体「わかりませんなあ」になる（笑）。それともうひとつ、「それは難しいですなあ」というのと（笑）。

佐野 『七つの人形の恋物語』* のムーシュという女性、私は面白くもない女やんか、と思いました（笑）。

河合 女性の目で見たらそうなるでしょうね。あれは男がイメージした女性像だから。

佐野 でも、男があらまほしき女性を思い描くと、女はそれに合わせて「あらまほしく」なるようにしがちですね。

河合 あれは、男の心の中にある、ひとつの典型的な女性のイメージとみたらいいでしょうね。女の人で失敗しがちな人は、それに合わそうとして自分を見失って……はっと気がついて腹が立つとか（笑）。

佐野 このごろの女の目で見た女性像や男性像が出てきつつあるような気もします

が。

河合　ほう。……たとえばどんな？

佐野　林真理子の小説など。つまらん男とつまらん女が実にリアルに出ていてうれしい。でも、男の人は不愉快なんですって（笑）。

河合　それはぜひ読んでみましょう（笑）。

佐野　直木賞をとった『最終便に間に合えば』**という小説があるのですが、その中で、ヒロインが恋人のところに行く場面があるんです。「その予定をもって」……と書いてあるのね。

河合　「その予定」……なるほど（笑）。

佐野　で、彼女は、なけなしのお金をはたいて上寿司をはりこんで持って行く。すると男は、上寿司を食べるだけ食べて、今夜は用があるので帰ってくれと言う。これでは「その予定」も何もあったもんじゃないでしょう？

河合　そりゃ腹立ちますなあ（笑）。

佐野　そのときの彼女の気持ちを小説では、こう表現してるんです。「もちろん美

＊ポール・ギャリコ（著）少女と人形使いとのメルヘンチックで倒錯したラブ・ストーリー。　＊＊林真理子著の1985年第94回直木賞受賞作品。

登里は〈我慢できないほど〉その気になっていたわけではない。ただ非常に功利的な考えが彼女を支配していた。それはほとんど男性的な発想だった。〈上寿司を食べさせたのに、タダで帰ってたまるか〉」……というんです（笑）。これ、「うすぎたない恋愛だ」という男の人もいたらしいんですが、私は全然うすぎたないとは思わない。むしろいじらしい。

河合　そのへんは、男と女について考えるとき、ポイントになるズレかも知れませんね。

男の真似、女の真似

佐野　以前モンテカルロなんとかという男性ばかりで踊るバレエ団を観に行ったんです。従来のバレエのパロディなんですが、男が女の真似をして踊るんです。技術は素晴らしいんですよ。でも、白鳥の死などを演じているうちに、胸毛がバーッと出たりして（笑）。女に近づけば近づくほどおかしいの。それを観てて、あれは男が女の真似をするのが売りものなんだけど、よく考えたら、女も「女の真似」を売りものにして生きているんだなということが、すごくよくわかった（笑）。

河合　そうでしょうね。真似するのに苦労する女の人も多いだろうけど、かしこい人は、そうやって男を手玉にとったりして、うしろで舌出して（笑）。男の持つ「女」のイメージに合わせて、くるくるっと踊って、それみい、男どもはついてきてるではないか、と（笑）。

佐野　幼稚園くらいのころから、女の子って、そういうことをするんですよね。スカートをちょっとつまんで、こーんな流し目をする子がいたりして（笑）、誰に教わったわけでもないのに。

河合　で、幼稚園の男の子も、それにつられてふらふらっと（笑）。――「女の真似」をする女性、「男の真似」をする男性というのは、これから問題になってくる部分だと思います。

佐野　私、「女の真似」をするのって、なんかウソっぽくて落ちつかないんだけど。

河合　特に同性からみればそうでしょうね。

佐野　私自身は、それをやると何か身につかない。不自然になって、それがいやで。で、そのままでいると、がぜん男はサベツする（笑）。へんだな、もてないな、もてないな、と思ってて、ずーっとここまできて、五十歳、です（笑）。

河合　僕は「うそかまことか、わかりませんなあ、難しいですなあ」と、ずーっとここまできて、六十歳（笑）。

佐野 私「ほんとのこと言えば？」という気持ちありますね。たとえば、ウソっぽいことをやっていると、口のまわりがひくひく硬くなるとか、痛いみたいになるとか、頬がこわばるとか、目つきがキョロキョロするとか……（笑）。

河合 ああ、わかります。体にくるんですね。

佐野 ええ。で、目つきがへんなのが、人にばれるんじゃないかとか（笑）、すごく疲れます。機嫌も悪くなる。

河合 「これが、ほんとよ」と確信を持って言えるのは、やはり女の人でしょうね。男は、開き直って問われたら、みんな、わからないと思っているのじゃないかな。男が本音吐くというのは、よほど面白い状況のときとか、いのちが危ないときとか（笑）。普通、男の人が本音吐くのは三パーセントくらいじゃないかな。僕は十パーセントくらい本音だと思ってるから、僕の女性性もかなりのもので（笑）。

佐野 そんなふうに「本音は三パーセント、あるいは十パーセント」と言ってくださると、それは「ほんとう」だなあと思います。あとの九十パーセントはなんなのだろう？　と思っても、とりあえず正直なんだなあと（笑）。

河合 女性が、ほんとかうそか、ということについて体が反応するというのがすごいですね。男たちは、そこまで体がチェックしてくれない。

本音のパワー

佐野　私、ときどき感じるんですけど、何かふっと言ったとたん、男の人がバン！って、向こうに飛びのくような気配があるんです。実に無念で、寂しい（笑）。

河合　それは女の人が、ほんとのことを言っているときです。男は「ほんと」に弱いんですね。いわゆるたてまえというか、そんなものでこの社会や文化を連綿とつくりあげ、その中で生きてきた、というところがあるから。――本音というのは、ものすごくパワーを持っているから、破壊力も強いんですね。そりゃ飛びのくのがあたりまえです（笑）。

佐野　もう言うのをやめようかなあと思うこともあるけど、やめられないの。

河合　いやいや、それってすごく大事だと思う。これがほんとだ、とぱっと言えるというのは、男にはすごく少ない。女の人でこそあり得ると思う。ところが、さっき言ったように、せっかくそういうパワーがあるのに、それを隠して男の思い描く女のイメージの中に生きてしまう女の人も多くてね。……それこそ体や心にこたえるんじゃないかな。

もっとも、何でもかんでも「これが、ほんとよ」ってやって、その度に男がパッパッと飛びのいて、結果だめになる男の人もいたりする（笑）っていうのも、もったいない話ですね。――なにしろこの世は男と女しかいないのだから。

「よいかげん」の匙かげん

佐野 この前、友達がからんできたけど、「私たちはたてまえで本心を必死で隠すことが生きることだったのに、なによ、あんた、本音だけでやっている」って怒るんです。でも私、たてまえが身につかなかったんですよね。

河合 そのかわり苦しかったんじゃないかなあ。……苦しいというか、体がやられることがある。

佐野 でもウソついてばかりでも、体が悪くなるでしょう？

河合 ある程度以上ウソをつくと、悪くなるけど、ちょうどよいかげんのところがあると思いますよ。

佐野 教えてください。その「よいかげん」のところを。

河合 「よいかげん」というのは、……ほんま、よいかげんでねぇ（笑）。いわく言いがたい。この世には完璧な人間というのはいないわけで、ウソがない、百パーセント本音というのは、その意味で人間的じゃないわけでしょう。ウソを何パーセントやっていくか……それが人それぞれの個性というか、気質になるわけで、人間の平均的ウソ比率みたいなものがある（笑）。「常識」というのが、そのあたりの機微をついているんじゃないでしょうか。常識というのは、どこかウソっぽいでしょう。あれが人間の平均的ウソと違いますか。

佐野　私、常識がきらいでねぇ（笑）。

河合　そうでしょう、そうでしょう（笑）。

佐野　なんだか、常識とモラルがほとんど同じに扱われている感じで。

河合　そう。常識イコールモラルとみなす風潮はありますね。倫理的に生きるというのは別の話なのに。むしろ、倫理は常識と衝突する。その衝突の場で仕事しているのが、臨床心理だと思います。だからこの仕事は、常識についてもよくわきまえていないと。だいたい倫理的にのみ生きようとして困っている人が来るわけだから。常識いっぱいの世の中で、いかに生きるかを探ろうと思ったら、その状況を無視してはカウンセリングできない。だから僕は「常識」専門家です（笑）。

佐野　それは知識としての常識で、河合さん自身の倫理観とは違うわけでしょう。

河合　それは違います。同じだったら面白くないし、だいいち誰も来ないやろうねえ（笑）。相談に来られる人とカウンセラーとでは、常識という点ではカウンセラーがまさっている。だけど、倫理的という点では相手のほうがすごいわけ。そんな中で、カウンセリングという仕事がなされていくわけです。

佐野 そうすると、相談にみえた方の倫理観などを、ある程度、常識の路線にのせてあげるということですか。

河合 そこは相談で（笑）。だって常識路線にのせて倫理観が死んだら、なにもならんし、かといって周囲とケンカばかりして疲れはてて、倫理観も萎えたらどうしようもないわけだし……。結局は、本人自身が必死にならなきゃしようがないことなんだけど、そのときガイドになるのは、その人の「ほんと」の感じです。

女性は「理想の男性像」を持つか

河合 ところで、男と女のことで聞いてみたいのは、女の人は、男が頭の中に持っているような意味での「理想の男性像」ってあるのかなあ、ということです。

佐野 うーん。……私、理想って持ったことないみたい（笑）。

河合 ねえ。女性も青春時代には理想の男性って思い描くと思うけど、……まあ、四十代になっても五十代になっても青春やってる人はいるから（笑）。そういう人は、十代二十代の感覚で理想像を持っているかも知れないけど。

佐野　私の場合に限って言えば、持っていないですね。

河合　男だったら六十になっても七十になっても、どことなく理想の女性像を持ってて、飽くことなく追い求めて（笑）。――そこは男と女の違いのひとつかも知れない。

佐野　この前、理想の生活って、私、あったのかしらと考えていて、そういうのはなかったなあと思った。で、最近、なんでもなくテレビを見てたりお茶のんだりしてるとき、（ああ、私の理想って、これだったんだな）って思ったんです。結局、現実の中にしか、理想ってものはなかったんだって。

河合　それは非常に女性的感覚かも知れませんね。現実イコール理想と感じとれるというのは。男性の場合、「理想」といったら、それは現実から離れていなきゃいけないわけ。ここにはないんですね、どうしても。ここにあったら、それは「理想」の定義に反するんです（笑）。

佐野　「現実」ってのの、男の人は嫌いなんでしょうねえ。

河合　ああ、すごくいい質問ですな（笑）。……けっこう好きなのにね、現実も。好きなのに、理想というものがないと落ちつかないんでしょうね。

佐野　そうすると、うしろから追いたてられるような気がしません？

河合 追いたてられるのが好きなんですねえ（笑）。そわそわしてピラミッドなんかつくったり――なんであんな大きなもの、つくらんならんのかと思いつつも（笑）。男は、じっとしていられない、それは言えますね。女の人が、せっかく「何もしなくていいじゃない。ここに居れば？」と言ってくれているのに「ちょっと出かけてくる」なんて言って、帰ってこなかったり（笑）。これも大きな違いじゃないでしょうか。

「……ちょっとねえ……」にはかなわない

佐野 河合さんと谷川（俊太郎）さんの対談で、男性的言語と女性的言語のことを話されていましたね。

河合 ええ。男だから男性的言語をしゃべる、と単純に分類できるものではなく、女性でも男性的言語が好きな人がいるし、男性でも詩人や臨床心理学者は、女性的言語をよく駆使すると（笑）。

佐野 その意味で、私、男の人の中で（ああ、これはかなわないなあ）って思える人がときどきいるんです。だいたい男の人――つまり男性的言語で語る人は、おおむね与《くみ》しやすい（笑）。そういう方と仕事をすると、その論理のヤグラがよく見えるんですよね。だから、そのヤグラを一本ずつ論理的に説得してはずしていくと——その人は実際はどう思っているかわからないけど——ヤグラはバババッと崩れちゃって、私はやりたいことが出来るわけ（笑）。

河合　なるほど。

佐野　ところが女の人と仕事していると……、

河合　どうなるんですか。

佐野　「……ちょっとねえ……」って言うんです。それだけ。それ以上言わないの（笑）。その「ちょっとねえ」で、言いたいことを全部わからせちゃう。で、こっちも（あ、それじゃ、これ直そう）なんていう気になってしまうんですが、それが全然「ちょっと」じゃない。どんどん相手のペースにはまっていく（笑）。そして、実はいるんですね、男の人の中にこの「ちょっとねえ」の人が。こういう男の人は論理性も持っていながら「ちょっとねえ」も持っていて、これは女はかなわんなあと思います。——どっちかというと、おばさんみたいなかんじの男の人に多いけど（笑）。

河合　僕も「ちょっとねえ」の練習しようかな（笑）。

佐野　人間はアメーバー時代からいろんなものが混じりあいつつここまできたのだ

から、男の中にも女の中にも、両性的なところってあるんじゃないかと思うんですけど。

河合 それはもう、相当あると思います。女性の中の男性的部分とか、男性の中の女性的部分とか……。それがいろんなふうにあらわれたり、からみあったりしつつ、男と女の関係というのが出来あがってるんじゃないかな。

佐野 片っぽを無理してはぎとって、より男的、女的になることもないんじゃないかと思うんですけど。ぐちゃぐちゃしてていいんじゃないでしょうか。

河合 そう。片ほうだけにちからを入れること、ないですね。それじゃ人生を損しているとも言える。いろんな可能性の一部分だけを使っているわけだから。しかも、「真似」やら「ふり」やらをしていたら、ますます損(笑)。だからといって両性的に生きようというのも極端ではあるけれど。……まあ、男と女というテーマは永遠にありますなあ、わかりませんなあ、ぐらいでやっていく、と(笑)。

(『こころの天気図』河合隼雄　毎日新聞社　1990・8/知的生きかた文庫　1994)

1990年　佐野洋子の仕事

1990年　絵本『ねこ いると いいなあ』小峰書店

絵本『わたし クリスマスツリー』講談社

絵本『うまれてきた子ども』ポプラ社

絵本／CD『プロコフィエフのピーターと狼』評論社／東芝EMI

PR誌「ちくま」 創作短編連載 （『食べちゃいたい』）

雑誌「本の雑誌」 エッセイ連載 （『覚えていない』）

雑誌「小説新潮」谷川俊太郎　詩　連載「今日に似た日」挿絵

絵本『かばのなんでもや シリーズ　すぅすぅすぅ／ふぁああん／それでね それでね／ぼくだよ ぼくだよ』リブロポート　広瀬弦 絵

他、挿絵、翻訳など

◆対談　河合隼雄

◆対談　明石家さんま

【谷川俊太郎と結婚】

1990

わが子は天才！

お笑い芸人・タレント
明石家さんま

佐野　さんまさん、昔から子どもは好きだったの。
さんま　そうですね、ぼくは子どもは好きでしたね。
佐野　あ、そう。自分の子どもができる前に？
さんま　できる前から、ぼくは子どもができるとずっと家に入ってしまうだろうと周りの人間は言っていましたけど。ぼくは友達の子どもを、お父さんより早く風呂へ入れたりね。紳助とこの子どもなんかは紳助よりも早く風呂に入れましたよ。
佐野　子どもがいると寄っていっちゃうぐらい好きなの？
さんま　いや、寄ってかないけど……ただ、純粋な人間でしょ、とにかく。裏がないからね。大人でも裏のないやつ、純粋なやつって好きやから。子どもは絶対的に多数、いいやつが多いでしょう。
　子どもでも、やっぱりいやなやついてますよ。ぼくもなんぼ子ども好きやいうたかて、いやな子どもは抱けない、肩を組めない子どもはたくさんいまでもいますけども。
　とにかく、赤ちゃんとか三歳まではどうあれこうあれ純粋な、素晴らしい人間ですよね。それがどうしておれたちみたいになってしまうのか。社会とかいろいろなものでぐにゃぐにゃぐにゃぐにゃ曲がっていくんでしょうけども。

佐野　わたしなんて自分の子どもが生まれるまではだいっ嫌いだったわ。赤ん坊の泣き声が、猫が盛りがついたみたいな泣き声で気持ち悪かったし、くると、べたべたべたべた、その辺を汚くするし、うるさいし、泣く子って、すごい嫌いだったけど、現金なもので自分の子どもできると……。

さんま　わが子は天才！

佐野　もう、わが子は天才でしょう。そうするとわが子と同じくらいの年の子に興味を持ちだして、それですごく好きになって、はじめて子どもがものすごいおもしろいというのがわかった。

ふつうの子どもが、ときどきびっくりするような哲学的なことを言うじゃない。そうすると、これから先どうなるかと思うけど全然心配することないのね。

さんま　ないない。

佐野　あれはみんなただの人になっちゃうのね。

さんま　そうそう。だから、自分の子どもがいちばん天才だというのは、みんなが思うことであって、たいがいそれはおれもわかっていてね。わが子は天才というのは、独身のときから、こんなもんやねん世の中は、と思ってわかっていながら、どうしても、こいつはすごいんじゃないかとか。積み木とかブロックを組み立てていたって、これはほかの四歳にはできないやろとか。赤ちゃんだってそうですよね。赤ちゃんなんて何か月やのに、この首の上げ方はほかの子にはないとか、わけのからんことをいうてますよね。

佐野　うちの子が言ってたけど、自分が五、六年になったときにね。赤ん坊を見るとこわいというんですよ。目がこわいというの。

さんま　なるほど。

佐野　「あいつら、みんな知ってるんじゃねえの」って。

さんま　これはぼくも最近思ってますよ。こいつ、全部知ってるんじゃないかなって。

佐野　知ってるんだと思う、わたし。

さんま　たぶんね。だから、夫婦げんかをしているのをおなかの中で全部聞いていたりして、わかっていそうな気もしますよね。

佐野　あれ、わかってると思う。

さんま　ぼくの子どもがそうですよ。うちの赤ちゃんが四か月でしょう。もうほんとに目付きが悪いときがあるんですよ。妊娠中に一つけんかしたことがあるんですよね。それで生まれてから、「お前、あのときもこういうたやないか」ってぼくが言ったときに、ギョロッとぼくを見たんですよ（笑）。そのときに、エーッと思って、聞かれてるんじゃないかと思った。

このあいだ夫婦げんか――というほどたいそうな夫婦げんかじゃないけど、したときに笑うんですよ。それもわざとらしく……（笑）。わたしが笑えばこの場はおさまるというのを、なんかこいつ知ってるんじゃないか。そういうことがありますね。

佐野　あれはたぶんみんなわかっているんだと思うの。あとになってほんとうにそれがよくわかる、そのとき感じるんだと思うのよ、わかるというよりも。だから、こわいでしょう。

さんま　こわいこわい。われわれいろいろごちゃごちゃした、ゆがんだ性格のものが、純粋なやつを見るとこわいですよね。

佐野　なんかさ、ときどき子どもの前でおどおどするという感じない？　ひるむっていうか、何を反省していいんだかわからないけれども、やたら反省させられちゃうとか、そういうとこあるでしょう。

さんま おどおどするっていうか、なにか教えられることは多いし。

佐野 それからほんとに悪いこともするわね。そう思わない？ 純粋に悪いことを純粋にするから、あれはすごいかなわないわね。

さんま もう、たち悪いですよね。

佐野 たちが悪い。だから、子どもは天使だなんて言っても、とんでもない、そのまんまの悪魔っていうところもあるじゃない。あれはやっぱり片っぽうだけじゃつまんないんだよね、きっと。

さんま そうそう、そうです。いいばっかりやったらつまんない。気にくわない人がきたときに、「もう帰ってよ」とか平気で言うでしょう。「お父さんたち、あなたのこと嫌いなんだよ」とか（笑）。もう、とんでもないことを平気で言うこともあるし、友達とか、親戚の子どもとかにものすごい意地悪をすることがあるんですよ。「なんでお前はそういうことをするんだ」って叱って、その次の日に自分一人で「どうしてぼくはあいつには意地悪なんだろう」って言っているんですよ。わかっててやっている。ぼくらはわかっていたら抑えるじゃないですか。でもあいつは抑えがきかないから純粋なんですよね。

佐野 大人だってみんないびったりなんかするわけでしょう。サラリーマンになってからも、気にくわないやつのことはそう思うんだよね。それを途中で抑える技術を覚えるっていうふうになるのよね。

さんま　そういう世渡りみたいなもんで、いろいろな技術を覚えてくるんですよ。自分がみんなに好かれようとか、その目的でいろいろな技術を覚えていくんでしょうけれども、とりあえずなにか妙なものですよね。

佐野　悪い子は悪いというんじゃなくて、一人の子の中にすごい悪いのと、すごいいいのとがごちゃごちゃに入っているから、一人ずつの子どもがすごくおもしろいんだと思うのね。

さんま　そうですよね。勝手なこと言ってるしするけど、三歳で大人と会話ができるわけでしょう。これもまた不思議なもんですよね。対等に話をしてこれるんだし。言葉数は知らなかったりしますけれども。

佐野　小さいとき大人が話してたことを聞いて、大人になってくるわけじゃない。大人どうしで話しているとわからない単語がいっぱい出てくるでしょう。そうすると、初歩の外国語の練習みたいな時期ってあったわね。

さんま　あります、あります。

佐野　本なんかでも、むずかしい漢字を飛ばして読むみたいに、小さい子どもって、わからないところでも、全体をどこか雰囲気でわかっていて、大きくなってわかって、きっとはめていくんだろうなと思うのね。

さんま　それと言葉をつくるのがやっぱりうまいですよ。「懐中電灯」をうちは「怪獣弁当」と言ってたんですよ。怪獣の弁当という。光でしょう。考えてみたら、光を食べる怪獣を、「ウルトラマン」かなんか知らんけれども、その前に見てるんですよ。だから、「かいちゅうでんとう」という言葉の響きの中に、自分で勝手に組み立てて「かいじゅうべんとう」。

死んでしまう、を「死ぬる」って言うんですけど、死ぬるのほうがものすごく苦しそうでしょう。そういう言葉のセンスっていうのはすごいですよね。勝手に外から覚えてくるでしょう。

ぼくらが夫婦げんかでもめたりしてると、「おーお、また始まった」とか（笑）、どこで覚えてきたりするのか、それはわからないんですけどね。

――佐野さんのお仕事だからということで、さんまさんが引き受けてくださいましたよね。さんまさんが佐野さんの本をお読みになったのは、奥様から聞かされたんですか。

さんま　嫁はん（大竹しのぶさん）はとにかく子どもがいたから絵本をたくさん知っていて、ぼくたちがドラマで絵本作家の物語を一度やったことがあるんですよ。「こころはロンリー」というギャグドラマなんですけど。それでありとあらゆる絵本を集めたんです。そのときに嫁はんが、こういう絵本があるよ、こういういい絵本があるよという中の一つで『100万回生きたねこ』があったわけです。

――そのときは奥さんではなかった？

さんま　ええ、嫁はんでは全然なかった、それはもう。

佐野　ある人から「大竹しのぶさんのお誕生日に頼まれたんだけど、『100万回生きたねこ』にサインしてくれないか」って言われたことがあるの。まだ大竹さんがすごくお若いとき。わたしなんかミーハーだから、会えるかもしれないと思って、テレビマンユニオンまで行って、絵本にサインさせていただいたことがあるの。

さんま　もちろんあの本はいいと思ったし……。なんか不思議なもんですよね。ぼくたちが読んでいるというのを知らない人から、ぼくと嫁はんのことを、あの『100万回生きたねこ』の二匹だと言われたこともあってね。恋愛中はよくその話をしたんですよ。結婚してから、こっちがいやなこととかたくさん言うでしょう。そんなとき――『100万回生きたねこ』は最後におとなしくなるでしょう、白ねこに行き合ったときに。だから、「あなたは100万回生きたねこじゃない」と言われたりね。

佐野　ア、ハ、ハ、ハ。

さんま　「違う、おれはあのねことは違うんだ。おれは100万回どころか、何億万回生きたいねこやから」という話をするんですけどね。だから今回、佐野さんからお手紙いただいて、うれしかった。なにか呼ぶものが――嫁はんはそう言ってましたけどね――きっと呼ぶものがあったんだ、って。

佐野　わたしはさんまさんはものすごく忙しいだろうと思ったし、やってくださるなんてほんとうに思っていなかったので、すごくうれしかったです。ほんとにうれしかったです。

さんま　いえいえ、こういうのはあまりやらない仕事なんで、迷惑かかるんじゃないかとも思ったけれど、でも一緒に仕事したい。別にこの（CDの）売れ行きよりも、一緒に仕事できるというそっちの喜びが大きいんで、だめならだめでしゃあないし。もともと得意な分野じゃない。ちょっとでも力になれたら、佐野さんがそれでちょっとでも満足していただけたら、それは幸せなことでね。

それで、この佐野さんの『ピーターと狼』を、寝るときに二千翔《にちか》の前で読んだんですよ。どんな手ごたえか、子どもに直接ね、試してみたんですけど、話の前にオーボエとか、クラリネットとかを、何だという質問がかなりきたから（笑）、そこで、いや、だから、おれも知らんのやというのでもめたのを覚えてます。そのときはあまり無理してやらなくて、すーっと読む程度にやったんで、それでもじーっと聞いてたから、これはこっちが無理する必要はない、これはすっと読んだほうがいいんじゃないかとか、いろいろ考えました。

明石家さんま自身も、せっかくこういうことも一生に一回あるかわからないチャンスとか、出会いですからね。失敗でもいいから、これおれやねんと言えるようなものを作ってみたいというのがありましたけどね。なんかもっと気軽にやればよかったのに、途中からだんだんマジになっていくのでね……。とにかくピーターが大阪弁というのはね。子どもに読んでいるときも大阪弁で読んだんですけども、不思議な顔してましたよね。

佐野　あ、そう？

さんま　というのは、絵本というのはいつも東京弁の、「なんだい、きみたちは」とか言うてるの。それでぼくも二千翔に読んであげるときは、そのとおり読むわけですよ。それが今回は「おい、なんやね」とか言うてるので、顔と絵本を見合わせとった。このピーターというのはさんまのことじゃないかと思ったのかどうか。……最後のおばちゃんのせりふはどうしようかと思ってましたよ。あれは大阪のおばはんやから、どこまでおばはんというのが伝わるのかどうかというのはあるんですけどね。

佐野　おもしろかった。ありがとうございました。ほんとにうれしかったです。

（プロコフィエフの音楽物語を佐野洋子による新たな台本と明石家さんまの語りで展開した音楽CD「ピーターと狼」小冊子「レコーディングを終えて」1990　※現在廃盤　ユニバーサル　ミュージック合同会社）

1991年　佐野洋子の仕事

1991年　エッセイ『ふつうがえらい』マガジンハウス
雑誌「LITERARY Switch」 創作「クク氏の結婚」
（『クク氏の結婚、キキ夫人の幸福』）
谷川俊太郎 共著　詩画集『女に』マガジンハウス　挿絵
絵本『かばのなんでもやシリーズ　うみを みた／ゆめを みた』
リブロポート　広瀬弦 絵
工藤直子 詩集『あいたくて』大日本図書　挿絵
他、エッセイ連載、挿絵など

◆対談　谷川俊太郎

絵本『ねこ いると いいなあ』
1991年度 第37回青少年読書感想文全国コンクール課題図書
絵本『かばのなんでもや シリーズ　すぅすぅすぅ／ふぁああん』
1991年度 第38回産経児童出版文化賞推薦

1991

子供時代・絵本・恋愛

詩人
谷川俊太郎

子供時代を振り返って

——皆さんはこのお二人が結婚していらっしゃるというのをご存じですか。(数人の手が挙がる) あれ、意外に知られていませんね。最初にまず子供の頃の話をしていただきたいと思っています。洋子さん、谷川さんの順でお話ししていただいて、お二人の子供時代の違いをくっきり出そうと勝手に考えております。

佐野 育ちの違いね (笑)。あたしは育ちが悪かった。ひとことですみます (笑)。

谷川 俺は育ちがよかった (笑)。

——もっと長めに話していただけませんか?

谷川 俺、一人っ子。

佐野 うちの母は七人産んで、さらにどこかに流れちゃったのが何人いるかわからない、父から「畜生腹」って言われている母の子です (笑)。

——佐野洋子さんのエッセイなど読んでいらっしゃる方は、お兄さんとの話だとか、みんなくっきり印象的に覚えていると思いますので、そのあたりを。

佐野 私、生まれて小学校三年のある日まではすごくいい子だったんですよね。ある日っていうのはある事件があって、その次の日から全然いい子じゃなくなって人が変わったみたいになったんです。小さいときにどんなにいい子だったかというと、私はまず健康だったんですよね。うちの父が、「こいつは大したものになる、クソが太い」って一番驚いたのね（笑）。だから非常に健康だったっていうことと、それから私はおとなしくて、私の小さいときを知っている人は、「洋子ちゃんはいつも何も言わないで、ただニーッと笑ってた」って言うんですよね。非常に聞きわけがよかったし気がきいたし、父がたばこを吸おうと思っている瞬間に灰皿持って来るっていうような、そういう子だったと。

兄は非常に弱かったものだから、母親があたしに全然手をかけなくてすんだんです。だからあたしは母親との接触っていうものがまったくなく、母親は生まれつきそういう人なのかどうかわからないけど——たぶん生まれつきだと思うんだけど、母親に甘えたとかかわいがられたとかっていう記憶が全然まったくないんですよね。それから思春期になるにしたがってどんどん母親との関係は悪くなっていって、今もあんまりよくないまんま来ちゃっている。

生まれたところが中国で、それで引き揚げて来ましたでしょう？　貧乏の子だくさんの家で、引き揚げ者っていう意識は自分では全然なかったんですけれど、ただあまり自己主張もしなくておとなしい子で、クラスにはすごくいばっている女の子がいたのね。ある日先生が私のことを呼んで、「あなたはリエコさんが病院のお嬢さんだからといって、引き揚げ者だと思って遠慮しなくてもいい」って言うの。私は全然そういう自覚はなかったんだけど、「あなたは自分が何か発言しようとしてリエコさんが何か言うとすぐ引っ込んでしまうけど、そんなことしなくていい、どんどん発言しなさい」って。

その先生はすごく馬鹿だったと思うわけ。それでその次の日から、リエコさんっていう人が発言したときに、「はいっ」って途中から手を挙げてね。そしたらそのリエコさんがびっくり仰天した顔をしたのね。女王みたいな人だったんだけど、授業が終わったらあたしのところにへつらいに来たの。あたしは人生観がそこでがらっと変わっちゃって、次の日からそのまんまなんですよ（笑）。

それでそのまんまどんどん来ちゃったわけね。そうするともう男の子と喧嘩したり何かしても全然平気になってきちゃって、大人に嫌われる子だったのね。「洋子ちゃんみたいなことしてたらお嫁に行けないよ」って、自分の子供を叱るときにたとえに私が出るような（笑）。きっとすごい小生意気だったのだと思うし、それに子供だからある種「のり」を知らないというところがあって、その「のり」をこえて大人をものすごく怒らせたということを、昨夜一つずつ思い出したのね。そうしたらそのときの恥ずかしさがガーッと出てきて、「あたしすごく嫌な子だったんだなぁ」ってしみじみ思った。

谷川　僕は何しろ帝王切開で生まれてきた子なんですよね（笑）。だから、この世の苦労を最初から知らないわけね。普通は暗く狭いところを一生懸命に、必死になって出てくるわけでしょう。僕はポカッと桃太郎みたいに生まれちゃって、まったく苦労を知らないできたわけだから、やっぱりすごく嫌な子だったと思うのね、生意気で。

僕は小学校の一年生ぐらいからわりとよくできて、何か級長まがいのことをさせられたりしていた。それから一人っ子だから家にきょうだいがいないわけですよね。うちの父は大学の教師だったから、家に来るのも大人が多いわけでしょう。だから常に大人と接触しているんだよね。だから子供らしさがない子だった。

ひ弱だったから病院に行っていたんだけど、ある日、診察のあとで先生と母親が話している間に、診察室の中を僕は後ろ手に手を組んで歩き回りながら看護婦さんに、「このお薬は何ですか」とか何とか聞いていたらしいのね。その帰りの電車の中でうちの母親が、「お前は感じが悪い、生意気である、傲慢である、子供らしくない」ってもう烈火のごとく怒って、ものすごい勢いで叱られたのね。で、僕はよくわからないわけですよ、自分で自覚がないから。でもその叱られたことっていうのはいまだにすごくはっきり覚えていて、叱られたその瞬間からね、「俺は自分を隠さなければいけない」って思うようになったの。だからその日から俺はものすごく人当たりがよくて、何か口が回って、人前ではもみ手するっていう人になって今日に至っているわけ（笑）。これはもう、深い、深い心の傷ですよ。

——そういう谷川さんみたいな男の子って、洋子さんのまわりにはいました？

佐野 いた。そういう子っていじめたくなる気持ちがむらむらっと出てくるのね（笑）。

谷川 だから今日に至ってもそれをやってる（笑）。

物語絵本と認識絵本

——お二人とも子供の本の仕事をしていますが、たとえば絵本を例にとると、お二人の作り方ってたぶん全然違うんだろうと思います。その辺のところを自分のではなくて、それぞれ相手の絵本について伺いたいんですが。

佐野 谷川さんは私とは全然違いますよね。私は絵本の仕事を始めたのがわりと遅く、デザイナーをやっていてそれから絵本の仕事に入って、私なりの作り方っていうのをやってきたんですけれども。絵本をやり始めたときがちょっとズレるかもしれないけれど、たぶん谷川さんも絵本をやり始めた時期で、そのとき思ったのは、何か絵本のジャンルの人がやり忘れているところの、たとえば土手があったとすると、水が流れて来るような穴を全部谷川さんが埋めていかれてるなと思って、これは児童文学のジャンルの抜けているところを突かれちゃってるな、っていう感じがすごくしたのね。やっぱ谷川さんの本は見ると私、いちいち全部感心するんですよね、「ああ、本当にこういうところによく目をつけた」って。ただすごく感心するけれども、感動はしませんね。

　非常に知的でいらっしゃるから、知的に作られるので、人間の知性っていうのはきっと感動っていうところとちょっと一緒にならないところがあるかもしれない。だから非常に理知的に作っているけれど、ある種人間的な感動を呼ぶっていうのとはちょっと違うんだと思います。たぶん、今日本でそういう本を作らせたら、谷川さんはやっぱり一番上手な人だと思いますね。子供を生意気にさせるばっかりなのね、谷川さんの本っていうのは（笑）。だから私は谷川さんの絵本は教科書にするとすごくいいと思うの。世の中をどんどん細かくちぎって、デジタルで分析して細かく細かくしていくっていうふうな見え方がするけれど、だからそこに人間のトータルな何かがあるかって言うと、そこは私は非常に疑問に思うの。日本の教育とか近代化っていうのが人間をそのようにさせてきた感じがするから、たぶん谷川さんは非常に進んでいる近代人で、私は非常に後れてる未開人の作り方をしているだろうと思います。

谷川 それは女と男の違いっていうのもあると思うし、それからもちろん生まれつきの人の違いっていうのも当然あると思うんだけど。女って一般的に言っていいのかどうか知らないけど、ものの認識の仕方っていうのが違うと思うよね、つまり佐野さんと僕との間では。それで僕の方がもちろん男っぽいところがあるわけだけど、それはどういうのかっていうと、要するに今彼女が言ったみたいに、整理整頓して秩序づけることが認識であるとどうも思っているところがある。これは科学者の認識の仕方と似ているし、それから感動がないとおっしゃるけれど、男っていうのはそういうふうにあることが非常にきれいに割り切れて認識されたときに感動するんですよね。だからそういうふうなものが認識だと思っている人間と、世界っていうのはそんなに秩序があるものではない、割り切れたものではない、むしろもう混沌としていて全部グチャグチャであるということを全体として、一つのものとして認識するのが認識であるっていうふうに考えている人との違いっていうことははっきりしているんだよね。

この方の文章なんか見ていても、そういうふうに細分化して分割していって整理整頓して認識しましょうっていう動きは一つもないのね。だからこの人の文章に一番近い文章は誰かというと山下清。彼の文章に非常に強く影響を受けていると思います。こっちは夏目漱石なんかにも影響を受けているタイプの作家だと思うんですよね。だから絵本としてそれはどっちがいいかというのではなくて、やっぱり絵本の世界にその二つはあってよくて、僕はそれを絵本のジャンルで話をすると、物語絵本と認識絵本の違いというふうに言えると思うんです。

絵本というと、何かお話という形で現実世界を意識的無意識的にかかわらず認識させるという、それこそ文字がなかった社会の頃からの絵本の流れがあるわけですよね。ポリネシアの島なんかに行っても、おじいさんかおばあさんが昔から伝えられてきた昔ばなしを面白おかしく手ぶりを交えて子供たちに伝えることで、子供は現実世界がどういうものかをだんだん知っていくという形がありますよね。物語絵本っていうのはその流れの中にあると思うのね。つまり西欧を起源とした近代科学・現代科学というものがない時代には、そういう一種神話的な認識というのがほとんどであって、それはそれで僕は素晴らしい世界だと思うし、神話的な認識をもう一遍回復しなければいけないというのは、たとえばラテンアメリカの文学なんかにもはっきり表れている。

幸か不幸か、われわれは現代の科学の恩恵と、そうじゃないものとに浸されて生きているわけでしょう？　するとどうしてもこういう複雑な現代社会というものを認識するためには、そういう物語的な認識の仕方ではない、分割して整理してっていう、本当にいわゆるサイエンス的な認識というのも必要だろうと僕は思うんですよね。

それで日本の絵本の世界には、そういう自然科学の方は、まだ少しは通俗解説的な絵本はあったけれども、たとえば社会科学、心理学とか文化人類学とか哲学も含めての分野での絵本というのは非常に少ない。そこを彼女は穴だって言うんだけれども、僕はたしかにそこを埋めていこうというふうにしていたところはあるんですよね。で、今の地球全体の文明とか文化の流れで見ると、やはり科学というものが異常に肥大化してしまって、われわれはその恩恵を現実生活ではすごく十分に受けているけど、やっぱりどうもああいう発想で人間世界を割り切るのは疑問だとは僕ですら感じるようになってきている。だからそういう形での整理整頓、秩序づける認識絵本というものがいまだに僕はある役割をもちろん持っているとは思うんだけれども、もっと強い力を持ったやはり物語絵本的なものが本当は出てきてほしいとは思うんですよね。

佐野　谷川さんはそういう作り方をするし、私は私の作り方をするし、好き嫌いじゃなくて、たぶんできないと思うの。谷川さんにそういう人間のドラマを求めるのはできないと思うし、私に非常に知的に整理整頓した何かを作れって言われたら私はできないと思うから、これは選択するとかいうことではないような気がするんですけれど。

谷川　ただ認識絵本っていうのは、今のプリントメディアよりも映像メディアの方が本当はいいと思うんですよね。レーザーディスクとかコンピュータにつながった映像メディアみたいなものでやっていった方がいいと思うので、僕は今はほとんどもう興味を失っているね、つまり絵本のそういう世界に。かといって物語絵本が書けるかというと、僕はやっぱり物語的発想をするのが苦手ですね。どうしても物語という形で人生というものをとらえるというのはすごくやりにくい。

――お二人は、知り合う前にそれぞれの作品は読んでいるわけでしょう。その頃の印象というのは、谷川さんはどうでした？

谷川　僕はほとんど『１００万回生きたねこ』ぐらいしか知らなくて、僕は絵本を読んで泣くっていうことはほとんどなかったんだけど、あの絵本だけは泣いたのね。だから非常に強く印象に残っていますね。

——洋子さんは？

佐野 何しろご著書がたくさんおありになる方だから、私はわりと知らないうちに目にたくさん入ってきていたと思いますよね。それで『わたし』*っていう絵本がありますよね。あれは何か、とても日本の絵本史上に残る非常に立派なよい作品、……だそうですけれども（笑）。それで私もあれを見たときにすごいぶったまげて、「ああ、こういう視点があるのか」って思って感心したんですけど、読めば読むほど何かイライラして、腹が立ってくるんですよね。何が自分をそうさせるかと思ったら、あそこには「わたし」っていうものがいないっていうのが私はすごく嫌な感じだったのね。たとえばわたしはお母さんから見ると娘です、おばさんから見ると何々です、誰から見ると何々です、っていうわけね。そうやって私が全部分解されていって、「わたし」というものがいないっていうのが私はすごく嫌でしたね。で、私はたぶん、そういうふうに人間っていうのを認識しなくて、個人が一人いたら、それは妹であろうと母であろうと何であろうと、その個人は絶対にその個人で、立場っていうのは付随的についてくるものであって、そのもとには絶対「わたし」っていうものがいる。だから外からこうやってやられちゃった「わたし」っていうのは自分自身が切り刻まれているような感じがしてすごく居心地が悪かったっていうのはあります。だけどあれはやっぱり感心しちゃう。で、そういう意味では日本の絵本史上に残るって言ったらそうだろうなと思います。

谷川　この批判を聞いたときにね、俺ね、あともう一場面付け加えておけばよかったな、って思ったのね。最後に「わたしのクソは太くて長い」って入れておけば、たぶん「あ、ここにわたしというものの現実がある」と（笑）。

――じゃあ、洋子さんが感動した絵本というのはたとえばどういうものですか。

佐野　他人の本はあまり見ないから全然わからないけど、レオ・レオニの『あおくんときいろちゃん』**っていう、あれは谷川さんが訳したの？

――唯一、谷川さんが訳していないやつです（笑）。

佐野　訳してないの（笑）。あれを見たとき私、すごく感動しましたね。それからあと、絵本かどうかわからないけれど、『あおい目のこねこ』***（エゴン・マチーセン）って、何が何だかわからない、ただただひたすら青い目の子猫が野越え山越え、

＊谷川俊太郎（著）長新太（イラスト）福音館書店（1981年）　＊＊レオ・レオニ（著）藤田圭雄（訳）至光社（1967年）　著者であるレオニは芸術家であり、アート・ディレクター。すでに古典と言われている名作絵本。　＊＊＊エゴン・マチーセン（著）せたていじ（訳）福音館書店（1965年）

野越え山越え行って、たくさんねずみがいる山へたどり着く、そしてそこにたどり着いたら何もしなかった猫たちもそれをむしゃむしゃ食べたっていうだけの、何かよくわからないんだけど、その本がすごく好きでしたね。

谷川 似てておかしいんだけど、僕も『あおくんときいろちゃん』なんですよね。どうしてこう性格が違う二人が同じ絵本に感動するのか、変だよねえ、どうも。

――やっぱり似たところが出てきましたね。

谷川 出てきました（笑）。僕はつまり絵本っていうのをやれるかなって思ったのは、やっぱりあれを読んだときですね。

佐野 あたしもそうです。

谷川 あ、そう。結婚してよかったねぇ（笑）。それまでは絵本っていうのは桃太郎とかそういうものだと思ってたわけね。でも『あおくんときいろちゃん』っていうのは全然違う感じの絵本でしたよね。あれは一種の何て言えばいいんだろうね、やっぱり抽象でもあるわけだけれども、「あ、こういう絵本だったら自分にもできそうだな」って思って何かやり始めたっていう感じはすごく強いですね。

それからもう一つ非常に印象に残っているのは、僕は絵本の翻訳をずいぶんやっているんだけど、自分からやりたいって売り込んだものは皆無なんですよね。ほとんどみんな注文で来て、でまあ英語で書かれていて、大体一画面に三行ぐらいの英語であればやるというのが僕の方針で、一画面に二十行あったら断るという線なんだけど（笑）。

その中で唯一イヨネスコの『ストーリーナンバー1』*っていう、あれを最初英語で見たときに、「これはやりたい」と思ったんですよね。それでどこかの本屋さんに言ったら、その本屋さんは結局出せなかったんだけど、本当に偶然、その版権を取った角川書店が僕にやらないかって言ってきてくれて。それはストーリーナンバー1、ナンバー2、ナンバー3ってナンバー4まであったかな。でもあの中でも僕はナンバー1っていうのが一番面白かった。あれは一種、本当にイヨネスコの不条理劇そのままの絵本なんだけれども、やっぱりびっくりしましたね。

――『ストーリーナンバー1』って、読んだことがある方はいらっしゃいます？

谷川　意外にあれはやっぱり売れていないんだよね。ジョスリンという女の子がいるんだけれども、簡単に言うと全部何もかもが同じ名前になってしまう話なのね。人間だけじゃなくて、もう机から猫からもう何から、同じ名前が増殖していくって

*『ストーリーナンバー1　ジョゼット　ねむたい　パパに　おはなしを　せがむ』ウージェーヌ・イヨネスコ（著）谷川俊太郎（訳）　1979年に角川書店から刊行されたシリーズの中の一冊。著者はフランスの劇作家。

いう話なんですよね。これは非常に衝撃的で、それは物語絵本の一種だと思うんだけど、こういう物語を書いた人はいないなという感じはしましたね。それからあと何冊かは好きな絵本はあると思うんだけど、すぐに名前を挙げられるのはあまりないな。まあ、『１００万回生きたねこ』っていうのはやっぱりその中に入りますよね、あの絵本にはびっくりしたね。

僕はね、子供の頃に唯一印象に残っているのは、自動車の図鑑なのね。昭和十年代かな。まだ車と言えばほとんどアメリカの自動車ばっかりだったときに、キンダーブックの一冊にそういうアメリカの自動車を描いた絵本があって、僕はその当時から自動車はもう通でしたからね、その絵を見て正確かどうかっていうことで判定するわけ。ちゃんとパッカーだとかナッシュだとかって名前も正確で、その絵もなかなか正確に描けているということで、すごいお気に入りだったの（笑）。

だからね、前にもこれは何度も書いているんだけど、自分の絵本体験で言うと、子供向けに書かれた絵本よりも、百科事典とか世界美術全集とかで絵本的に楽しんでいて、そこからいろいろな知識を吸収していた。自分が大人になってからも絵本っていう一種限定されたジャンルではない、何か映像と言葉ってものが混じり合ったものを全部絵本だっていうふうにして読んできているのではないかなと思うんだよね。そういうふうに話を拡げると、たとえばエドワード・スタイケンっていうニューヨーク近代美術館の写真部長が編集した「人間家族」写真展の写真集とかが入ってきちゃいますね。だから子供の絵本のジャンルだけを区別して問題にしない方がいいっていうふうに、僕は終始考えているんですよ。

――谷川さんのやっていること自体が、そういう仕事ぶりですよね。たとえばレオニなんていうのはほとんど谷川さんが訳していらっしゃるでしょ。それで傑作って言われている『フレデリック』*なんていうのは、あれは主人公が詩人でしょう。あいうのはどう思われますか、訳していて。

谷川　あれはやっぱ照れ臭いしね。つまり「詩人をこんなに持ち上げていいのかしら、佐野洋子ならどう言うかしら」みたいな。まあ今になってみれば、ですよ。その頃は知らないからそんなこと思わないけど（笑）。あれは僕はそんなに傑作だとは思ってないんですよ。愛されているけどね。それから教科書に載っている『スイミー』**ってのは、僕はどっちかというとあまり好きじゃない。あまりに協力っていう教訓があからさまに出過ぎている。

*『フレデリック――ちょっと かわった ねずみの はなし』レオ・レオニ（著）谷川俊太郎（訳）好学社（1969年）　**『スイミー――ちいさな かしこい さかなの はなし』レオ・レオニ（著）谷川俊太郎（訳）好学社（1969年）

僕はやっぱり『ひとあし　ひとあし』*だっけ、尺取り虫が歩いていくやつとかね、ああいうナンセンスっぽいものの方がレオニのものとしては好きなんですけどね。でもやっぱり何と言っても『あおくんときいろちゃん』が最高傑作。処女作をほめられると作家はみんな嫌がるんですけどね。

子供との関係

――それでは次に行きましょう。皆さんご存じないかもしれないのでお二人の家族構成をお話ししますと、佐野洋子さんは一回離婚なさって今再婚なんですけど、お子様がお一人いらっしゃるんです。二十二歳、男の子で一人っ子ですよね。谷川さんは何回か離婚しています。それでお子さんが男の子と女の子二人いらっしゃる。『けんはへっちゃら』の賢作君と、『しのはきょろきょろ』の志野さん。二人とも成人していらっしゃるし、その親子関係というのをちょっと聞いてみたいんです。たぶんこれも相当違うような気がするんですよね。子供との関係について、これは谷川さんから先におうかがいした方がいいような気がしますが。

谷川　僕は子供との関係よりも先に、親との関係っていうのがあったね。つまり自分が子供であることの問題っていうのがあったよね。

──そうですね。

谷川　何かすごい違いを強調しているんだけど、佐野さんのうちのお父さんもやっぱり東大出のインテリで高校の先生なんかをしてて、つまりうちの父と似ているわけですよね、言ってみれば。

──東大なんですか！

佐野　うちの父は最初学者だったんですよね。それで引き揚げて来て高校の先生になっちゃったの。別に東大だって驚くことないじゃない。

谷川　だから似たような親なんだけど、この人はとにかく父親のあぐらの中にぬくぬくとおさまって、父親の顔を引っかいたりなんかしたような記憶があるって言うんだけど。うちの父っていうのは本当に仕事一辺倒みたいな人で、いつでも離れの方で仕事をしてて、何か気に入らなくてガーッなんて怒鳴ったりしているっていう感じでね、この人とお母さんの関係にちょっと似ているのかもしれない。要するに僕は父親に抱かれたり一緒にキャッチボールしてもらったり、どこかに連れて行ってもらったりっていう記憶がほとんどないんですよ。でもそれを言うと父は、「そ

＊『ひとあし　ひとあし──なんでも　はかれる　しゃくとりむしの　はなし』レオ・レオニ（著）谷川俊太郎（訳）好学社（1975年）

んなことはない」って言って反論するんだけれども。

父親とは非常に疎遠だった代わりに母親っ子であったっていうのがすごくありますよね。だから母親っ子であったこと、つまり一種のマザコンだろうと思うんだけど、そのマザコンっていうのを僕は女性関係でつい最近まで引きずってきたというのは、非常に痛感しているところがある。それから父親が家庭的ではない、つまり家庭の問題は一切母任せで、自分はともかく勉強をする、仕事をするという学者の立場を貫いた人で、思春期になってからは、そういう父が浮気していたりとか、そういうこともだんだんわかってくるようになって、やっぱり一種父を反面教師っていうふうにして、ずっと自分の子供との関係も考えてきたところがあるんですよね。だから僕は、最初のうちは一夫一婦制を盲目的に信仰していて、自分は西部劇に出てくる男みたいに自分の家庭を守って、弱い女と子供を守り育てて立派な家庭を作るっていう覚悟でずっとやってきたわけですよね。で、表面的にはわりといい夫であり父親であったと思うんだけど、やはり子供との人間関係っていうのは、気がついてみるとうちの父と似たようなところがすごくあるのね。つまり疎遠っていうのかな、何か子供を叱りつけて殴りつけるとか、そういう強い子供との関係っていうのが持てなくて、いつも子供との間に距離があるんですよね。だからわりと子供を放任していたっていう感じはありますね。それがもちろんプラスに働く面もたぶんあるだろうとは思うんだけど、今考えてみると、何かもっと自分は子供に対して情があってよかったはずなのに、何でこうなんだろう、みたいなことは思うのね。

だけどうちの子は、思春期ちょっと前ぐらいから、つまり前の僕の奥さんと僕との間が非常に険悪になって相当ひどい状況で、それにうちの母がぼけちゃったりして、いわゆる老人問題みたいなのが重なっていた時期に中学校高校あたりに行っていたわけだから、相当家庭内ではプレッシャーが強かったと思うのね、二人とも。だけど逆にそのおかげか何か知らないけれど、ここん家《ち》みたいにあまりグレたりはしなかったのね。

佐野　自分の親子関係っていうのは、ちょっと自分ではわかりませんね。私も子供が小さいときから家の中がしょっちゅうもめて、会話するとほとんど喧嘩をやっていたのが小学校一年生ぐらいからだったから、私はそれを考えただけでうわって涙が出てくるほどかわいそうだったなって、すごく思うんですよね。それで中学に入る頃はもう別居していましたから、その頃からうちの子はグレ始めた。

生まれる前は、私は子供嫌いだったから「穴掘って捨てちゃおうか」って思っていたんだけど、子供が出てきた途端に母性愛っていうのか、ものすごくかわいくて

かわいくてしょうがなくなってかわいがっていたけれども、よくはない状態の中にいたと思うんですよね。それが成長期で変わって全然手に負えなくなったら、もうその手の負えなさ加減がもう大変になってきちゃったわけね。だから私、たぶん六年間ぐらいはほとんど子供と口きいてないんですよね。私がおどおどするばっかりで、「何か悪いことしないか」って思って心配ばかりしていて、それでもう我慢できなくなって今度は出刃包丁を突き付けたり畳にバーンってやったり何かするって非常によくない、コミュニケーションなんてもうまったくないような状態で過ごしてきていて、それでこの頃になってわりと普通に口をきくようになってきたんです。

谷川　全然実情と違うのね、この人の認識は。

私と息子の親子関係がいいかどうかは、今でもよくわからないんですよね。

――違いますね、不思議。

谷川　息子っていうのが一番の泣き所でね。ほかのところでは、この人はもう本当に小学校三年の頃にくるっと変わって堂々と世の中渡っているのに、こと子供のことになるともうメタメタでみっともなさ加減が本当に、……友達がみんな言うんだもんね、「あなた母親としてだけは本当にみっともない」って。「そんなに思い込む必要ないんだよ」って言っているんだよ。

それは弦ちゃんっていう息子がもうちゃんとした絵本の絵描きなんだけど、今度賞か何かもらったりしてね。彼が変なことにやっぱりマザコンだと思うの、俺。とにかく母親のそばを離れない感じがするんだよね。だからこの人が認識しているのとは何か、現実はどうも違うのではないかと思うんだけど。僕が「こうだ」って下手に分析するとまた怒られるからさ、整理整頓しないように傍らでやさしく見守っているっていうのが俺の立場なんだよね（笑）。だけど全然コミュニケーションが成り立ってないっていうけどね、この二人はね、あまり思春期の息子と母親っていうのはああいうふうには話をしないと思うんだけど。

佐野　思春期はもう過ぎてるでしょ、二十二だったら。

谷川　まあ過ぎてるか。ますますまあしないよね。だけど何か料理の作り方とか、それから今流行りの漫画の話とか、そういうのを二人でボソボソ夜中まで喋ったり何かしているんだよ（笑）。

佐野　いやあれは、だってもううちは中学生のときは家出って言うか、ほかのところに住み始めちゃっていたでしょう。それで何か知らないけど今うちにいるんだけど、あれは別に私のそばにいたいからいるんじゃなくて、もう本当に面倒臭がり屋なんだよね。だから一度家に帰って来ると自分の家に帰るのが面倒臭くて二か月、三か月、四か月ってなるみたいなの。

――ご説明しますと、広瀬弦君という御子息はですね、別のアパートでちゃんと一人暮らしをしているんですよ。にもかかわらず、しょっちゅう谷川邸にいるんですよね、お二人のところに。

谷川 それも女友達と一緒だよ（笑）。

――女友達を連れて来たり男友達が山のように来たりね。

谷川 山のように来るのね。

――それでまるで我が家のようにいますよね。それで一回来るとなかなか帰らない。だからやっぱりそれはちょっと不思議な光景で……。

谷川 便利は便利なんだよ、あいつはときどきすごいうまいカレーライスなんか作ってくれたりするからさ。すごくいいんだけど、やっぱりちょっと異様な親子関係だと思う。だって女友達連れて来て、それに振られたらまた次の女友達をすぐ連れて来るんだよね（笑）。俺なんかは子供の頃は、やっぱ母親に自分の女友達なんかそんな見せたくなかったよね。

――普通そうですよ。それで洋子さんもまた変で、概況を説明しますとね、女友達を連れて来るじゃないですか、弦ちゃんが。そうすると彼がちょっと留守しているときにその女の子を呼んで、「ちょっとあんたあんた、弦のどこがいいの？」って会話をしちゃうの、息子の恋人とね。だからそれも普通には考えられないですよね。

佐野　そう？

谷川　そうですよ。それは自分の息子を愛していればさ、息子のガールフレンドが気になっていろいろ聞きたいし、「あんた弦ちゃんのどこがいいの？」っていうのは、弦ちゃんをほめてもらいたいから聞いてるわけでしょ、悪口聞きたいわけじゃないですよ。

佐野　いやそんなことない。あれは女の子が私に悩みを先に打ち明けるから言うんじゃない。

谷川　それもちょっと変わってるけど、それはこの人のやっぱりすごいところなんだよね。俺は一番すごいと思うのはね、その弦ちゃんと同い年ぐらいのグレたような仲間っていうのがいるわけ。何かみんな変なのがね、結構仲良くつるんでてしょっちゅう酒飲んだり何かしているんだけど、そういうのを全部友達同様に会話に引っ張り込んじゃって、それでそういうのにね、「今弦とあの女の子はどうなっているの？」って秘密情報を提供させるの（笑）。

佐野　全部吐くわね（笑）。

谷川　別に賄賂使ってるわけじゃないんだけどね、何かだから弦ちゃんの仲間っていうのもちょっと変わってるのが多いんだけど、世間話が好きなんだよね、何かね。座り込んでしゃがんでね、何か東南アジアの女みたいに道端でしゃがんで、「近頃弦の女はよう……」なんてやってるわけ（笑）。そういうところは俺はやっぱり感心しちゃうのね、これは母親としてやっぱりすごいっていうところはあると思うんですよね。だけどやっぱり変なところもあるね。

佐野　変って言うかね、ものすごく似ているんだと思うんですよね。その白目むいてとにかくものを言わなかった時期に、朝ご飯を食べているときに、うちは二人しかいなかったからね、あたしがトーストに嚙みついたわけ。そうしたら歯型が半月形について、「あ、これまずいな、こういう食べ方すると下品だな」って私思ったわけ。それで「弦が見なきゃいいな」って思ったら、ちろっと見たわけね、見て何にも言わないわけ。だから私、急いでこっち側を嚙んで平らにしたわけ。そしたらね、うちの子が何も言わないで、「わかってるんだったら最初からそうしろよ」って言うわけ（笑）。それを何も言わないでこうやって見て、お互いにババババッて言うようなところはやっぱりすごい感覚的に似ているんだと思うんですよね。だからすごいやりにくいところがありますね。

谷川　今、うちの息子と結構仲良くなっちゃってさ。うちの息子は結婚して同じ敷地の中の隣の家に住んでいるんですよね。それでまあ、言ってみれば変な関係ですよね。つまり自分の本当の母親と僕は離婚しちゃっていて、何か変な女が入って来ちゃって、その変な女の息子も僕の家にゴロゴロいるわけじゃない。だから僕の息子としては何かそれは腹を立ててもいいような関係なんだけど、うちの息子っていうのはまた軽い存在の人で（笑）。すごい酒好きで、俺たちが旅行の間なんかに、二人で朝三時か四時まで酒飲んでカラオケ行って歌を歌って、それから俺と佐野さんのことを肴にして悪口言ってるというような関係になってる。でも本当に俺一人だったら絶対にできない関係だなって思うね。つまり佐野さんっていう人がやっぱりどこかでそれを仲立ちしているっていう感じがするね。

――谷川さんは洋子さんと一緒に暮らし始めてから、やっぱり生活ががらっと変わっちゃったでしょう。

谷川　激変ですよ。うちはもうほら、杉並の閑静な中流の住宅街にありましてね、一方には著名な芸術院会員谷川徹三先生がお住まいになっていて、着物か何かで静かにお散歩をなさっていると。あたくしはまあ詩人という評判だから、やはり静かに生活していてね、その雰囲気というのは何か静謐に包まれているというような家だったわけでしょう。それが父が死んでからは、ひどいときにはうちの周りに五台外車がガガガッと駐車していて、みたいなそういう生活になっちゃったわけですよね。

おまけに僕はとにかくこの人のおかげで非常に人間改造をされてしまったんだけれども、僕は前は自分一人で静かに本を読んでいるとかね、静かに思索に耽る、あるいはモーツァルトを聴くというのが僕の生活の基本で、それを楽しんでいたわけ。それが今、うちには熊のようなロシア人が一人いて、そのロシア人は日本文化の研究家で何かの奨学金をもらって来たんだけれども、日本の住宅事情が何しろ高くてしょうがないからうちにいていいかと言うので「いいですよ」って言っているわけですよね。そうしたらそのロシア人が「お母さんを呼んでいいか」って言うから「いいですよ」って言ったら、こんな太ったお母さんが来て、うちの狭い八畳間で親子が枕を並べて寝ているわけね（笑）。そこに弦ちゃんの友達たちっていうのがまた真っ赤なアルファロメオか何かでものすごい音で乗りつけるやつなんかがいて、それから弦ちゃんの友達でイギリスに行ってたやつが、今度はイタリー人のフィアンセなんて連れて来たりするわけね。そういうのが常に出たり入ったりしているわけですよ。だから近所の人は「何が起こったんだろう」って思っているんじゃないかな。だからもう雰囲気が全然変わってしまいましたね。
佐野　それが人の暮らしっていうものですよ（笑）。

恋愛

――皆さんもきっと聞きたいでしょうから、続いて恋愛について伺いたいと思います。
佐野　恋愛とかっていうものについてああだこうだって言うよりも、黙ってやるのが勝ちよね（笑）。だから「あんな男がよくて、恋愛はこうすべきだ、ああすべきだ」って考えていたって、そんな人はたぶん実践の場に出たら負けるよね、いくら頭でいろいろ考えても、あれはただ黙ってやることですよね。
――洋子さんのことを聞いているので、恋愛論を述べよって言ってるわけじゃないから（笑）。
佐野　だからあたしは黙ってやったわけ（笑）。
――それで終わり？　どういうふうに？　だってほら、離婚なさってもう男に懲りたわけでしょう。にもかかわらず、どうして？
谷川　この人に言わせようったってさ、やっぱプライドが許さないんじゃない？

——よく喋ってるじゃないですか（笑）。

佐野　どういうことを聞きたいわけ？

——佐野洋子さんの御本を読んでると、もう実に男の人に対しても恋愛に関しても、こんな正しい考え方の人はいないって僕は思っちゃうんですよ。

佐野　正しい？

——正しいっていうのは、人生論的に正しいっていう意味じゃないですよ。人間として正しい、高貴であるって僕は思うんですよね。

佐野　もっと言って（笑）。

——いろんな男の人の話を書くじゃないですか。でもわりと世間一般でいい男と言われている人のことをほめたりしないでしょう。その辺のところの面白さってあるじゃないですか。

佐野　あたし男の経験が非常に貧しいわけ、初めてキスした人と結婚したんだから。

谷川　それも俺と同じ。だから出発点は正しかったんだけど、結果はね、やっぱりダメだったわけ。

——要するに離婚なさったわけだし、「もう男なんて冗談じゃないわよ」って思っていたわけでしょう。

佐野　ええ。

――それが谷川さんを見てどうして変わったんですか。

谷川　それは愚問でしょう（笑）。

佐野　ハハハハ。

――よけいな口を出さないでくださいよ（笑）。

佐野　変わったわけじゃなくて、手出しされちゃったのよ（笑）。

――谷川さんが洋子さんにちょっかいを出してきたと？

佐野　そうそう。すっごく手が早かったんじゃない？　だから「あぁっ」って思っているうちに、何かわけがわからないうちにそうなっちゃったから、あとはひたすらコツコツと、真面目にやってたっていうわけ（笑）。

谷川　すごいうまい要約だと思う。

――で、やっぱり谷川さんに対するイメージはもちろんあったわけでしょう、お付き合いする前から。

佐野　初めて仕事場で会ったときは、名前はもうもちろん知ってましたけれども、個人的には全然興味の外の人っていうか、とても有名な方でしょう。それで私、有名な人っていうのは何か騒がしいじゃないですか、まわりが。私はそういうの、好きじゃないから、だから自分と個人的にどうこうするっていうふうに、要するにそういうふうには全然何も見てなかったわけ。「ずいぶん頭の回転の速い人だな」って思ったけれども、何か自分と関係ができるようになるとは全然思っていなかったから、うーん、まあ「あれが有名な谷川俊太郎ってものか」って、動物園の何かを見るみたいにね、「ああ、そうか」って思ったぐらいで、世界が違うって思っていたから。

――で、実際に二人だけで話してみたら、その印象はどう変わりました？

佐野 谷川さんは最初私の家に遊びに来たんですよね。そのときは非常に面白かったけれども、それでも私、まだ関係のない世界の人だなっていうふうにはずっと思ってましたね。

――谷川さんは、有名だし、しかも正しいしってみんなやっぱりある種のイメージがあると思うんです。でも、そういうイメージだけじゃない実像が見えてくるというあたりをちょっと語っていただきたいなと思ったんです。

佐野 見えてる通りの人なんじゃない？　それでお育ちもよろしいしお行儀もよろしいし、もみ手もちゃんとなさるし、お作品はあの通り素晴らしいし。だけどこの人は、見えてる通りぐらいでお付き合いをしていれば、その見えてる通りがずっと通っていく人だと思うんですけれども、よく見ると実に変な人で、言ってみれば地球の上で生きていてはいけないようなとんでもない野郎じゃないか、っていうところはありますね。たとえば私、この人にはモラルってものがないと思うんですよね。「非常識」っていうのは「常識」があって「非」なんですよね、だけどこの人は「無常識」だと思います、私。

——一気に調子が出てきたぞ（笑）。

佐野　それからどっちがいい人かって言ったら、谷川さんの方が千倍ぐらい私よりいい人ですよね。この人はそういう意味で人に全然もまれてなくて、非常にラッキーな幼年時代、それから学校へ行きたくなかったら行かなかったので集団の中でもまれることもなくて、それで才能があったから十代で衝撃的なデビューをして、そのあととんとん拍子にやってきてて、とにかく世の中のそういうものに汚されるひまなくきて、私、今もそうだと思うんですよね。

そういうところからすると、私はもう本当に人が悪くなる経験っていうのは非常に豊富にさせてもらって大人になってきたっていう感じがするのね。でも、彼が非常に清潔で順調にきて、それで見たところとてもやさしく見えるけれども、私なんて見たところすごく変なおばさんに見えて、本当に根性悪そうに見えるけれど、どっちが本当に人間に対して関心と情っていうものを持っているかと言えば、それは絶対私ですからね（笑）。だからそういう意味で人に関心を持たなくてもいいほど何て言うのかしら、甘やかされて育ってきたと思うのね。それで子供のときに親から甘やかされて保護されてきて、あとは世間がこの人を甘やかしたと思うんですよ。だからずっとそうやってきて、今もこうやって清潔そうな顔してね、やっていられるっていう、非常に稀有な特別な存在だとは思いますね。

――要するにそういう谷川さんをやっぱりすぐ好きになったでしょう。

佐野　そうね、感じはすごくよかったです。それに騙されちゃったのね（笑）。

――谷川さんの方から見ると洋子さんっていうのは？

谷川　すごく俺に関心持ってくれて、ああでもないこうでもないって毎日言ってくれるすごいいい人。

佐野　アハハハ（笑）。

谷川　だから俺はね、もっとつまり「お前はここがダメだ、あそこがダメだ」っていうふうに言えないのがすごく悪いと思ってて、後ろめたくてしょうがないの。俺はほら、「好きだ」とか「愛してる」とかさ、そういうことしか言えないわけよ。「お前は本当に人非人だ」とか「人間に関心がない」とか、そういう深いところで言えないからすごく困ってるね。こんなにつまり俺の本質を突いて批評してくれた人はいないからね。これだけ身近にいればちゃんとそう言ってくれるのは当然と言えば当然だけど、つまりそれだけの批評家を身近に置いているっていうのは大変な贅沢ですよね、本当に。お返ししたいとは思っているんだけど、あまりに指摘することが正しいから、俺はもう反論できなくてさ。俺はだからこの人の方が絶対的に人間的で正しい。俺は単にもう天に住む天使に過ぎない。

佐野　ハハハハ（笑）。

――さっき谷川さんは手が早いっていう話が出てきたけれど、洋子さんと会ったときに、「よしっ、この女をものにしてやろう」と思った？

谷川　すぐにどうとかこうとかじゃないけど、「あっ、面白そう」っていう感じだったね、「付き合ってみたいな」って。手が早いとか、この人はオーバーに言うけど、全然割り引かなきゃダメですよ（笑）。

聞き手・刈谷政則

（書店「メリーゴーランド」講演会　1991・4）

1992年〜1997年　佐野洋子の仕事

1992年　画文集『女の一生　I』トムズボックス
創作短編集『食べちゃいたい』筑摩書房
雑誌「LITERARY Switch」　創作「キキ夫人の幸福」
（『クク氏の結婚、キキ夫人の幸福』）
雑誌「Olive」　227号〜253号　小説連載　（『コッコロから』）
雑誌「太陽」　創作連載「天使のとき」（『天使のとき』）
脚本「夜汽車に乗った子どもたち」演劇集団 円
ジャネット＆アラン・アルバーグ 作
絵本『ゆかいなゆうびんやさんのクリスマス』
文化出版局　翻訳
個展「女の一生　I」SPACE YUI
他、挿絵、翻訳など

1993年　絵本『ぺこぺこ』文化出版局
小説『コッコロから』マガジンハウス
個展「女の一生　II」SPACE YUI
他、装画、挿絵など

1994年　画文集『女の一生　II』トムズボックス
谷川俊太郎 共著　絵本『ふじさんとおひさま』童話屋
童話『みちこのダラダラ日記』理論社　沢野ひとし 挿絵
他、装画、挿絵、翻訳、対談など
絵本『ぺこぺこ』
1994年度 第41回産経児童出版文化賞推薦

1995年　創作『女一匹』マガジンハウス　広瀬弦 絵
谷川俊太郎 共著　創作『ふたつの夏』光文社
G・ソロタレフ 作　A・クラン 絵
絵本『いたずらねずみのキコえほんシリーズ1・2・3・4・5・6』
講談社　翻訳
他、装画、翻訳、対談など

1996年　ジャネット＆アラン・アルバーグ 作
絵本『どろぼうたちに気をつけろ』文化出版局　翻訳
ジャネット＆アラン・アルバーグ 作
絵本『ゆかいなゆうびんやさんのだいぼうけん』
文化出版局　翻訳
他

【谷川俊太郎と離婚】

1997年　森山京 作　絵本『まほうつかいのクリスマス』あかね書房　絵
森茉莉 著　エッセイ集『魔利のひとりごと』筑摩書房　挿絵
ジャネット＆アラン・アルバーグ 作
絵本『ドロボービルのものがたり』文化出版局　翻訳
他、装画、エッセイなど

1998

100万回生きたねこ

女優
大竹しのぶ

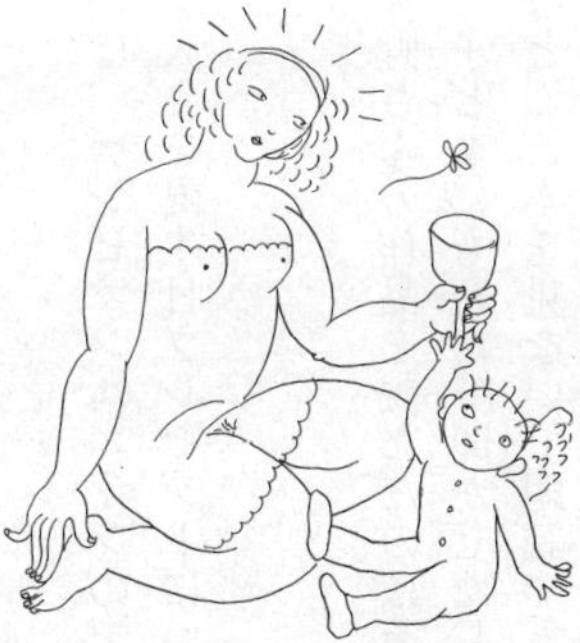

何年も読み続けた『100万回生きたねこ』

大竹　私が『100万回生きたねこ』と出会ったのは、テレビマンユニオンのディレクターである今野勉さんから、佐野さんのサイン入りを誕生日プレゼントにいただいたのが最初なんですよね。

佐野　いつごろ?

大竹　二十一歳ぐらいだったと思う。かなり昔。佐野さんの作品を読んだのはそのときが最初です。ボロボロになるまで読みました。子どもにも読んで聞かせたし。だから、今回のCDのレコーディングのときは、ほとんど本を見ないで朗読できるぐらいだったけれど、読むのはやっぱり難しかったですね。でも、いいものというのは、そのとき自分がどういう感情であったかによって感じることが違うし、だから何年も何年も持っているんだと思う。『100万回生きたねこ』はそういうところがすごいと思いますね。

佐野　大竹さんはプロでしょう。絵本というのは、普通はお母さんが子どもに読んであげるものだから、女優さん女優さんした上手な語りで、会話のところもすごく作ったようなものになったらいやだなあと思っていたの。でもしのぶさんの読まれ方は、今までのなかでいちばんうれしかったわね。変に感情移入されたりしないで、非常に静かに、淡々と読んでもらえたのがすごくうれしかった。

大竹　淡々と読もうとか、静かに読もうとか、そういう意識でやったわけではないんだけれども、変に作ったりしたらいやだなっていうのはあったから、自然にやろうとは思いました。

佐野　上手に読むよりももっと難しかったと思うの。どうしても演技が入ってくるでしょう。しのぶさんのように読むのが本当はいちばん難しいのかなって思いますね。

大竹　そうじゃない読み方を要求されることのほうが多いんですよね。一度ビデオのナレーションでわりと淡々と読んだら、「芝居をしていない。声をもっと作ったりしたほうがいい」って言われて、やり直しをしたことがあります。私は『100万回生きたねこ』はそれが邪魔にならないほうがいいなと思ったから、そういうふうに言われるとすごいうれしい（笑）。

佐野　子どもが小さいとき、一緒に遊ぶと体が疲れるでしょ（笑）。絵本を読んであげるぐらいしかできなかったんだけれども、私はまったく素人だから、棒読みになっていたと思う。しのぶさんがやってくださる自然さと、素人が読むのとはまったく違うのね。それはすごいなと思ったわね。
それから、『100万回生きたねこ』のなかで、白いねこが「そう」と言うところが三か所あるんです。しのぶさんはその三か所とも全部違う読み方をしているの。それは非常に感心しました。
佐野 あ、そうですか。全然意識しなかった(笑)。
大竹 あそこはわざとらしくなるのね。難しいんだと思う。気がついて違う読み方をしていたんじゃないですか。
佐野 全然気がつかずに、前後の流れでやったから。でも、「そう」という言葉はすごい好きです。

本を読んであげることで子どもを発見

大竹 この作品はどういうところからできたんですか。
佐野 三十代半ばのころ、子どもがいてすごい忙しかったの。だから思いついたことを書いておかないと忘れちゃうと思って、寝るときにノートとエンピツを置いておいたんですよ。そのときに、「100万回」という最初のフレーズが頭にシュッと出てきたのでそれを書いたら、途端に後ろまでバッとわかっちゃったのね。

大竹　すごい！

佐野　最初と最後だけノートに書いておいて、あとはもうヒュッとできちゃったという感じだったものだから、次の日か何かに十五分ぐらいで絵本用に書いていっただけです。すごく苦しんだとか、すごく考えたとか、このテーマを書きたかったとか、全然そういうんじゃないのね（笑）。あと絵を描くのは作業だから。

お子さんによく本を読んであげるでしょう。どうやって本を探してくる？

大竹　とりあえずは自分で読んで探したり、あとはいただいたりします。スノーマンの話があるでしょう。最後のページを開くと雪だるまが溶けちゃっている。上の子は一回読んだときにショックを受けて、「大丈夫だよ、また冬になったら来てくれるから」って慰めたんだけど、「お母さん、最後のページを開かないで」って言うんです。下の子はそれを読んだらオシッコしちゃった（笑）。最後のページだけがすごい好きで、「あーら、溶けちゃったあ！」って全然平気なの（笑）。上の子のときは自分が非常に神経質になっていて、残酷な内容だったりすると、怖いと思って、「でも最後はこうなりました」ってお話を変えていったりしていたんだけど、逆にそういうことをしちゃいけないというのが、下の子を持って初めてわかりました（笑）。

佐野　子どもはこういうものだというのがないんだと思う。その子その子によって違うのね。それから、お話がきらいな子もいるでしょ、図鑑が好きな子とか。だから、感想文を書かせたりするのはかわいそうだと思う。図鑑の好きな子は、図鑑のなかにドラマや生命やいろいろな興味を持っているわけで、興味の持ち方が違うから。

大竹　違いますよね。一つの本でもそういうふうに違うし、それから、『はじめてのおつかい』*という絵本で、女の子が転んでいるシーンがあるんです。上の子は普通に読んでいたけれども、下の子は、「あっ、パンツ見えてる！」（笑）。同じものでも見るところが全然違うんだなと思って。

佐野　子どもに本を読んでやることでその子どもを発見することがあるでしょ。

大竹　そう。すごくあります。

佐野　うちの子は悪さばかりしている子なんだけど、本当はデリケートなんだというのがわかったりするの。やさしい話を怖いと言ったり。『やさしいライオン』**だったかな、お母さんが人の家でも何でも安易に突き抜けて行っちゃうところがあるんです。私は何でもなく読んでいたんだけど、それが怖いと言ってその本を隠しちゃって、表紙を見るのもいやがるの。だから、ただの悪さをしている子だと思っても、けっこうそういうところがあるんだなというのが、本のどういうところが好きかというのでわかるときがあるわね。子どもって枠に入れて考えると面白くないんですよね。

大竹　お話が好きな子もいれば、全然興味を示さない子もいるし。

文庫本をいっぱい残してくれた父

佐野　しのぶさんは小さいとき、お父さんにお話ししてもらったとか、お母さんに本を読んでもらったとかいうことはある？

大竹　私の父は浜田廣介が好きで、『りゅうの目のなみだ』[***]とか『泣いた赤鬼』[***]とかをしょっちゅう聞かされていて、実際に小学校低学年のときに買ってきてくれたのね。それをずっと読んでいて、今でも持っています。私の父は、自分の誕生日に本を子どもたちにプレゼントしてくれていたんです。「満何歳になった父より」と書いてサインがしてあって（笑）。最後が私が二十歳のときで、山本周五郎さんの本でした。

＊筒井頼子（文）林明子（絵）福音館書店（1977年）　＊＊やなせたかし（文・絵）フレーベル館（1982年）　＊＊＊ともに浜田廣介による童話。

佐野 すてきなお父さんね。

大竹 そうですね。お金もなかったから文庫本だけど、よく本を読んでいて、何も残してあげられない、残してあげられるのは本だけだって。文庫本がいっぱいあるから、ちょっとずつ読んでいこうかなと思っています。

佐野 そういうのって、話の内容よりも、お父さんとそういう時間を持ったことのほうがずっと残っていない？

大竹 そう。「廣介さんのお話はいいお話でしょ」と言われると、『泣いた赤鬼』は本当にいいお話なんだ、父親がいいものは自分もいいって思っていたし、今でも廣介童話はいいってどこかで思っている。だから、親が選ぶというのはけっこう大事なことだなとは思います。そのあとは自分で選択していくわけだけど。

佐野 私の家は小さい子がいっぱいいたのね。終戦のときに父が職を失ってやることがなくなり、そのときに児童文学全集をどこかから持ってきて、一日中、読んでくれていたんですよ。働き盛りの男がやることがなくて、子どもに本を読むしかないというのがすごくかわいそうになっちゃうの。読み方も下手だったし（笑）。変だなと思っていたけれども、すごくうれしかった。

親と子が共通のコミュニケーションを持つために

佐野　絵本というのは、お母さんやお父さんが読んであげて、子どもと共通のコミュニケーションを持つために非常にいいと思うの。
大竹　寝る前だから必ず隣に親がいて読んでくれるわけだから、そういうのはいつまでも覚えているんでしょうね。
佐野　また、読んであげるほうもうれしいのよね。
大竹　そうですね。
佐野　だから、しのぶさんのように上手に読まれちゃうと、普通のお母さんはコンプレックスを持ってしまわないかなと思って心配しちゃう（笑）。
大竹　でもあと何年かして子どもが大きくなったら、読んであげることもなくなっちゃうし。
佐野　読んであげるのが好きなお母さんと、好きじゃないお母さんとは全然違うと思いますね。
大竹　好きじゃないという人もいますよね。
佐野　読んであげることが別にいいお母さんとは思わないけれども、ないよりあったほうがいいかなという感じがする。幸せね、しのぶさんのお子さんは。

大竹 上の子には、寝る前だけは漫画を読んじゃだめ、本を読みなさいと言っているんです。そうすると、「これも本でしょ。懐かしい」とかいって、『100万回生きたねこ』を持ってくるの(笑)。子どもも十年近く読んでいるわけだから、やはりすごい本だなと思いますよね。

佐野 だけど、CDになったらどうなんだろう。しのぶさんが読んでくださってすごくすてきな本みたいに見えるのは非常にうれしいけれども、お母さんはパチンとスイッチを入れて、子どもに聴かせるだけになっちゃうんじゃないかと思うの。あまり便利にならないほうがいいなと思っているんです。

大竹 だから、必ず絵本も手元に置いて、一緒に聴く(笑)。

大人にも聴いてもらいたい

――お二人は〝白いねこ〟は見つけられましたか。

大竹 生き終わってみないとわからない(笑)。

佐野 ずっと絶対なんていうものはないでしょう。これはお話だからたまたまそうなっているけれども、みんなそのときは絶対だと思うから生きているんだと思う。私がこれを書いたときの気持ちは、ごく普通の生活をつつがなくすることがどんなに大変かということだけだったような気がするのね。一人の男と一人の女が一回生きたっていう、ただそれだけの平凡な、普通の生活を生き終わるだけでもすごく大変だと思う。愛情を持って平凡に生きることはそんな生易しいことではないというのが本当に骨身にしみてわかっていたときに、もしかしたらこれを書いたのかもしれない。

大竹　そのなかで幸せを感じることってすごく大変ですよね。

佐野　そう。何でもないことをやるのがいちばん大変かもしれないと思う。

大竹　そういう意味で『100万回生きたねこ』は、子どもだけではなく、大人の人にも聴いてもらえたらうれしいなと思います。

佐野　大竹さんに読んでもらって幸せです。すごくうれしかった。

（大竹しのぶの朗読で味わう傑作絵本CD「100万回生きたねこ」小冊子「対談」1998・11　※現在廃盤　ユニバーサル　ミュージック合同会社）

1998年　佐野洋子の仕事

1998年　岸田今日子 作　絵本『ちょっとまって』福音館書店　絵
版画展　SPACE YUI
他、絵本など

◆対談　大竹しのぶ
◆対談　岸田今日子

【北軽井沢へ転居】

1998

母親対談「お母さん」って恥ずかしい⁉

女優
岸田今日子

ぜひ、いつか組んで仕事をしたかった

岸田　私ね、だいぶ前に、マルセル・エーメの『猫が耳のうしろをなでるとき』*という童話を友達といっしょに翻訳して、佐野さんに挿絵を描いていただいたことがあった。

そのときは、まだお目にかかったことがなくて、ただ絵が好きだったから、出版社の人にお願いしてもらった。そうしたら、私にはそこに出てくる姉妹たちは、そんなに意地悪な子たちに見えていなかったのに、佐野さんは意地悪な面をかなり強調してお描きになったのよ。

佐野　覚えてます。

岸田　かわいらしいだけじゃなくて、私に見えなかった、仮に見えたとしても、私ならちょっと横を向いてさけてしまうような、女の子たちの意地悪なところをえぐり出して描いてあるところが、とっても面白いと思ったわけ。ああ、こういうふうにも見えるんだと思った。そうとうにショックだったのよ、私にとって。

意地悪な子どもは、主人公になってはいけないというような世の中一般の風潮があるでしょう。それをあえて、ちょっと意地悪そうなというか、なんかこの子はあ

るなというふうに描いちゃうというところが、私はとてもショックだったし、興味があったし、好きだった。

ぜひ、いつかちゃんと組んで仕事をしたいなと思っていて、それで、「円《えん》・子どもステージ」のために脚本を書いていただいたりしてるうちに、こういうふうに二人で絵本がつくれて、とてもうれしい。

佐野　ありがとうございます。

岸田　このこねずみのシム君のお話『ちょっとまって』**は、娘が小さいときにしてやったお話の中の一つで、姉（詩人・岸田衿子）が読みかえしてみて、色彩的にも絵本に向いているのではとすすめてくれたの。それで、佐野さんが描いてくれるのならということになったのね。

佐野　この話が、今日子さんが本当にまゆちゃんにしてあげた話だというのは、読んですぐにわかった。

私も、子どもが小さいときはお話をしてやったけれど、こんな美しい話ではなかった。文章にして残すような話ではなくって……。これを読んだとき、今日子さん

＊マルセル・エーメ（著）岸田今日子・浅輪和子（訳）大和書房（1979年）ユーモア童話集。佐野洋子が挿絵を担当。　＊＊岸田今日子（作）佐野洋子（絵）福音館書店（1998年）

はいいお母さんだなあと思った。

岸田　偽善的だって、ちょっと反省することもあるわ。

佐野　そう？　私の聞かせた話はどういうのかというと、最初は子守り唄をうたってやるのね。「ねえやは十五で嫁にいき」って。でも、なかなか寝ないから、ねえやが十五で嫁にいってどうなったかを話してやった。お姑さんにいじめられて、とっても苦労して癌で死んじゃったなんて話を子どもにしてやってるようなお母さんだった（笑）。

岸田　それはね、私、とても正直でいいなあと思うけど。私も、どっちかというと、毒のある話や暗い話が好きなのよ。だから、子どもが大きくなってからは、好きなように暗い話を書いているけど、やっぱり子どもたちに対しては、という先入観がある。

　自分ではなかなか、そういうことを子どもに話して聞かせる勇気がないというか、自分でどこか偽善的だなと思っているのにね。そういう、自分が面白いと思うことを話してあげられるお母さんはいいと思う。

佐野　そういう話をしてやって、結果として、どういう子どもになったかというのが問題であって……。だけど、私は絵本をつくるのを職業としてやっていたから、たぶんプライベートと職業を分けようという気持ちもあったと思う。

岸田　うーん、なるほど。じゃ、佐野さんが絵本にしたお話じゃなくて、本当に子どもにしてあげたお話って、ほかにどういうものがあるの？

佐野　うちは男の子だったから、どうやって遊んでやったらいいかちょっと見当がつかないこともあって、うんと小さいときから、寝るときに本を読んだり話をしてやったんだけど、私の話はすごくリアルすぎたみたい。たとえば、私の父親はどういう人だったか。

岸田　それ、ほんとうのことを言うわけね。

佐野　そう。それから、兄とどうやって遊んだかとか。そういうのでも、けっこう、それからどうしたのって聞いてくれたのよ。

岸田　そうでしょうね。

佐野　それから、架空の話……ああ、そうそう、たとえば桃太郎の話をするじゃない。ふつうに桃太郎の話をすると終わっちゃうじゃない。

子どもが「それから？」って、また聞くじゃない。それで、またどんどん勝手なうそ話つくって、それが今日子さんみたいなロマンチックな美しい話じゃないのよ。子どもに話をするときは、もっと地の私と地の子どもとの関係になって、りっぱな、まとまった話はしてやれなかった。本当に見えたものから勝手に話をはじめたりして。

だから、今日子さんの原稿を絵本にする仕事をしていて、お母さんとして、今日子さんと私がすごく違っていたということがわかって、ショックだった。

岸田 でも、この話を絵本にしてもいいなと編集者が思ったのは、母親の私が一生懸命背伸びしているところなんじゃないかなと思うのね。

佐野 でも、母親っていうのは一つの役割じゃない。地のままでは本当はいけないのかもしれない。

岸田 どうなんだろう。そこらへんは、私、わからない。

佐野 私もわからないんだけど。私は地のまますぎたのかなという気もするし……。

岸田 いや、地のままってものは、すぎるってことはないわけで。

例えば、童話を募集して、その選考委員を時々することがあるけど、お母さんたちの話というのは、だいたいにおいて教育的なわけね。さすがに、最近はどうやったらニンジンを食べられるかとかいったものはないけど。

それでも、子どもがそうとうハチャメチャなことをしても、それは夢でした、になっちゃったりする。母親ってそうなるんだなあって、いつでも思うのね。

私はそういうふうになりたくない。なりたくないって思いながらも、どこかそういうところがあったんじゃないのかなって少し反省する。

どうして、佐野さんに絵を描いていただきたかったかというと、佐野さんってそういうところがないでしょ。偽善的なところがないじゃない。

佐野　私は、私なりにお母さんやってたのよ。

岸田　そりゃ、そうでしょうけど、かなり地のままで、できたわけでしょ。

佐野　でも、やっぱり、地のままのお母さんってないのよ。母親っていうのは役割だから、どうやったとしても、お母さんのふりなんだと思う。

岸田　そうかな。

「人間としてはまあまあだけど、母親としてはみっともない」

佐野　私は私なりにいいお母さんになりたかったし、自分の親なんか見ていて嫌なことをたくさん覚えていたから、そういうふうにはなりたくないとか。私だってふりをすごくしたかったんだけど……。

岸田　したかったけど、しなかったんでしょう。

佐野　だけど、もう母親をやらなくてもいいという時期になったときの楽な気持ちっていうのはなかった。それが終わったとき、私、やっぱり母親をやるのに無理してたんだなって思った。それは、子どもにもばれていたんじゃないかという気がするのね。

子どもが中学生のときに、「母さんは人間としてはまあまあだけど、母親としてはみっともない」って言われたの。

岸田 えっ、それはどういう意味だろう。

佐野 私が一生懸命に、母親をやるわけよ。

岸田 それが似合わない、っていう意味か。

佐野 みっともないって言うのよね。私も自分の子どもには期待もかけるし、いい子になってほしかったんだけど、そういうことのバランスが悪かったんじゃないかな。

一人っ子だったから、わーっと愛しちゃったのも、うっとうしかったんだろうし。自分の子どものことになるとなりふり構わなくなっちゃったんじゃないかと思うのね。本能的な母性愛だけで子どもを育てるような……。

岸田 そういうのって、みっともないと思うかな。

佐野 彼が感じたみっともなさの中身はいろいろあるだろうけれど、私はそれ以上のことは聞いてないし、傷をほじくり返すことになるから、今それを聞く勇気もない。

でも、その言葉はずしっときた。私、すごく傷ついたし、みっともない母親を持っていた息子も、長い間ずっと傷ついていたんだろうなと思った。

私は、いつも子どもに負い目ばっかり感じていた。私が家で仕事をするようになったのは、子どもが小学校に上がって学童保育所に行くのを嫌がったからなの。それまでは保育園に預けて、ほかに場所を借りて外で仕事していた。でも、保育園に預けていることもすごく負い目になっていたし、仕事を持っているのも負い目になっていた。

それから、離婚したことも、今に至るまで負い目になっていて、母親の部分をつつかれると、すぐあたふたしちゃう。自信がないのね。

岸田　私も、やっぱり負い目をどこかで感じているからだと思うんだけど、それを負い目と思いたくない、それを何とかプラスにしたいというところがあった。負けず嫌いなのかなあ。

それはマイナスではないのである、外で働く母親というものを見せておこう、みたいな。ちょっと立派でしょう（笑）。

佐野 私は子どもの前で、「お母さん仕事しているのよ」って、堂々と言えなかったのね。自信満々で働くことはよいことだって思っているお母さんをいろいろ見ていて……。

岸田 そういうの恥ずかしかったでしょう。それ、わかるのよ。

佐野 自分は好きで仕事をしている部分もどこかであるんだから……。でも、生活のためもあるから、外に向かっては仕事をしているのは全然恥ずかしくないんだけど、子どもに対しては負い目があった。

だから私は恥ずかしくて自分の絵本を子どもに見せられなかった。子どもも私の絵本を読むの恥ずかしがる。私と気質がすごく似ているものだから。

岸田 でも、その方が本当はまともだと思う。

佐野 まともというのは結果を見れば、ということでしょう。

岸田 何をまともと言うかだけど、でも、私なんか建前で物事を解決しちゃおうというところが結局あったんだと思うのよ。

だから、私がしている仕事を子どもに見せなくちゃと思って、テレビアニメの「ムーミン」の声なんかやってるとき、その現場へ子どもを連れて行った。子どもは「ムーミン」が面白くてずっといたのか、アイスクリームなんかいただいて、みんなにかわいがってもらって、それがうれしくていたのかわからないけど（笑）。

でも、あれはほとんど子どものためにやった仕事なんですよ。

母っていうのは恥ずかしいものなのかしら

岸田　子どもが四つになったときには、子どもが読んでも大人が読んでも面白い絵本があるのに、子どもが見ても大人が見ても面白い芝居がないのはおかしい、とか言っちゃって、谷川俊太郎さんたちを引きずり込んで、「円・子どもステージ」をはじめた。

あれも非常に個人的な思いでつくりはじめて、今までずっと続いているんですけど、そういうことをしなきゃいけないとまでは思わないんだけど、何かした方がいいかなという……。

佐野　した方がいいんじゃなくて、することがうれしかったんでしょう。

岸田　そうね、それもあるわね。

だけど、今考えるとちょっと恥ずかしいところはやっぱりあるのよ。

佐野　母って、みんな恥ずかしいのかしら。私、いつもいつもものすごく恥ずかしいのよ。

岸田　恥ずかしいものなのよ。

私の女優という仕事は、外に出ている仕事だから、帰ってきたときはいいお母さんしようと思っちゃうわけ。だから、今にしてみれば、本当に恥ずかしいようなこともいっぱい考えた。

例えば、よく酔っぱらったお父さんが家におみやげ買って帰ってくるじゃない。そういうふうに「おみやげ」で子どもを釣る母親になるのはいやだ、甘やかしちゃいけない、と自分で思っているくせに、どこかで甘えてほしいという気持ちもあるわけ。

やっぱり、外から帰ってくるときには何かを買ってきてやりたいわけよ。

それでそのおみやげをどこかに隠しておいて、子どもに、家の中のどこかに小人が住んでいるって吹き込んでおく。

そして、何かというときに、「小人さんが何かおみやげ持ってきてくれたかもしれないわよ」って、二人で目をつぶって、「小人さん、小人さん、何かいい物を出してちょうだい」と言いながら家の中をぐるぐる歩く。

で、子どもの知らないうちにこっそりそれを出して、「あっ、小人さんがこんな物をくれた」とか言って、見せたりしてたのよ（笑）。

佐野　すごい、お話みたい。

岸田　恥ずかしいでしょう？

佐野　恥ずかしい？

岸田　恥ずかしいわよ（笑）。少女趣味みたいで、そうとう恥ずかしい。

佐野　いや、でも、普通は感動しちゃわない？

岸田　うそー。恥ずかしいわよ。

佐野　私、自分のやっていたことを考えると恥ずかしい（笑）。

岸田　そういうのを、人はいいお母さんだとか言うわけだけど、私は自分のどこかで恥ずかしいなと思いながらも、やっぱりそうなってしまう。自分が書くものもそう。

でも、佐野さんにはそういう偽善的なところがないというのが、絵本や随筆を読んでいるとわかって、それがうらやましかったし、好きだったのよ。

佐野　私も、保育園のとき、自分が家にいないということをすごく気にしていた。それで、あるところでは甘くしちゃうんだけど、また逆に、甘くしちゃいけないんだとも思って、そういう気持ちに子どもは混乱したんだろうと思うのね。

岸田　そうでしょ。そうなのよね。甘くしてもよかったなって思うところもあるんだけど、ただ、やたらに物を買って帰るのは良くないと思って、それでどうしたらいいのかわからなくて、「小人さん」になっちゃうんだけど。

佐野　でも、それは、まゆちゃんにとっては、とても楽しいことだったんじゃない。

岸田　そうね、そんなに嫌だと思っていたわけではないと思うけど……。

実はね、子どもに、私は魔法使いなんだ、って言っていた。だから、人に、「まゆちゃん、大きくなったら何になるの」って聞かれると、「魔法使い」って答えていたらしい。

それから、「母さん、本当はいくつなの？」って聞くから、「私は、本当は七十六歳なんだけど、だれにも言っちゃだめよ」って言っておいた。

でも先生に言ったらしくて、「ちゃんと、だれにも言っちゃだめよ、って言っておいたから」って言っていた（笑）。

そのときは本気にしていたのかもしれないけど、時々いいかげんなことを言ったりする母親を、もしかしたら楽しんでいたかもしれない。

佐野　どんな母親であったかということよりも、そういう母親が、子どもにとってどうであったかということだと思うのね。

岸田　そうよね。

佐野　だから、私自身がどんな母親をやろうと、子どもがどう思って、どういうふうに感じたかということが一番肝心なことなんだからと思う。

今、あれこれ言ってもはじまらないし、子育ての最中だって、たぶん、そうしかできなかったのよね。私は、私のようにしかできなかったし、今日子さんは今日子さんのようにしかできなかったんだと思うのね。

岸田　それに、男の子と女の子とは違うだろうしね。

佐野　私、手相見てもらったとき、「あなたは、女のお子さんを持ったら幸せになれるのに」って言われたことがある。

岸田　そんなことってあるかしらね。

佐野　特別の手相見だったわけじゃないから、わからないけど（笑）。

子どもって、普通がいいのね

佐野　子どもってわりと保守的だと思わなかった？　大人よりずっと保守的。みんなと一緒がいいみたいで、私は普通のつもりでいても、やっぱり違ったのかもしれなくて、「僕、普通のお母さんがいい」って言ったことがある。

岸田　私だって言われたわよ。

佐野　普通のお母さんってどういうの、って聞いたら、「縫い物したりしてさ」って言うんだけど、私、子どものセーター全部編んでやってたんだよね。だけど私がやるならばって、すごくはりきって、オーバーの裏の色とセーターの編み込みを同じ色にしたりする。

岸田　普通じゃないのよね。

佐野　それが、きっと子どもには不服だったんだろうね。それから、お母さんの格好も普通がいい。私は、とにかくミニスカートがはやったらどんどんスカートを短くしていったお母さんだったものだから、そういうのも嫌だったのかもしれない。

岸田　私だって、テレビやなんかへ出ると、だいたい変な人ばっかりやるわけですよ。あんまりまともな役はやらないものだから、「普通のお母さんやれば」って娘が言うのね。普通のお母さんってどういうの、って聞くと、玄関掃除していると、隣のご主人が出てくるんだって。それで「いってらっしゃいませ」って言うんだって（笑）。

あんまりおかしくて、タモリさんの番組に出たときに、私、そういうの一度やらせてくださいって言ってやってみた。

でも、おもしろくも何ともなかった（笑）。そうなのよ、子どもって普通が好きなのよ。

私は、子どもが八つのときに離婚したんですよ。それで、私は、自分を引け目に思っちゃいけない。離婚したことも、働いていることも、引け目に思うといろんなことがうまくいかない。私はちゃんと働いているんだから、子どもをきびしくしつけなくちゃいけないと思って、子どもを叱ったことがある。そしたら、子どもがぽろっと一粒涙を落として、「私だって、母さんのペースにあわせているのに」って言った。

佐野　泣ける。親があまりうまくいっていないとか、離婚したうちの子って、あるところでは親よりずっと大人になっちゃうのよね。

岸田　かもしれないね。でも、そのときはとにかく、ほかのお子さんと同じようにしつけをちゃんとしなきゃいけないということを身にしみて感じていた。いつでも一緒にいられないということも、そういうふうに思わせる原因の一つだったと思うんだけど。

例えば、娘が友達と一緒に遊んでいて、二人一緒に映画に連れていくことになっていたの。行く前に部屋をぜんぶかたづけるって約束なのに、ぜんぜんかたづけない。「じゃ、○○子ちゃんだけ連れていっていいの?」って言ったら、「いい」って言うのよ。向こうも強情だし、私も強情なのよ。
結局、私はその友達だけを連れていったことがある。何のために私はこんなことしているんだろうと思いながら。
佐野 えらーい。私、できない、そんなこと。そうやってしつけたら、強情じゃなくなった?
岸田 ぜんぜんだめだった(笑)。
佐野 私だって人並みにしつけようと思っていたけど、うちの子、変だったのよ。小学校四年生ぐらいから歯を磨かなくなったのよね。おふろ入るのも嫌がった。
私、そうなると、すごくやきもきしちゃって、「あんた、そんなことで大人になったらどうするんだ。習慣というのはきちんと身につけておかなくちゃいけない」って言う。すると「おれは習慣がきれえなんだ」って。
岸田 かっこいい(笑)。
佐野 「そんなこと言ったって、大人になってちゃんとできなかったら、会社でやっていけないのよ」って言ったら、「おれは会社なんかきれえだ」って言うの。
「会社って学校と一緒じゃねえか」って言うのよ。そのとき、私、どうしていいかわからなかった。

岸田　口が達者なのね。

佐野　すごく無口な子なのよ。でも、話すとそういうことを言う子なの。

岸田　正論をはくのね。

佐野　そのときは正論なんて思わなかったわ。本当にこの子、どうしちゃったのかって思って。

でも、思春期になって色気づいてきたら、やめろって言うのに、朝、学校に遅れてもシャンプーして行ったりするようになってね。しつけられる子としつけられない子がいるのかしら。やっぱり甘かったのかなって思うこともある。自分の子どものことって、みんな恥ずかしい。今、まゆちゃんはおいくつ？

岸田　ちょうど三十。

佐野　昭和四十三年生まれ？

岸田　そう。

子ども同士どんな話をするんだろう

佐野　じゃ、うちと同じだわ。この絵本に出てくる「まゆさん」を描くために、まゆちゃんの写真借りていったのよね。

岸田　ええ。まゆの三つか、四つぐらいのときの写真をお貸しして。

佐野　まゆちゃん、すごくかわいいズボンをはいていた。

岸田　この絵本のズボンは、今聞いてみると、彼女は気にいってなかったと言うんだけど（笑）。

これは、ひざがすぐ抜けるから私が革を張りつけたのよ。自分ではかなりいいつもりでいたけど、まゆは何だか恥ずかしかったと言うのよ。

佐野　「普通」がいいのよ。

岸田　そうなのよ。ぴらっとしているのが、きっとよかったのよね。うちの子はわりに、何にも言わないで着てたんだけど、今思えば、彼女なりに、あれは恥ずかしかったとか、あれは好きだったとか、いろいろあったらしいんだけどね。

この間、まゆの子どもが一歳の誕生日だったの。ちょうどそのときこの絵本ができあがって、さっそくプレゼントしてあげた。

佐野　そういうのを聞くと、今日子さんはやっぱりすごくいいお母さんよね。

うちの子、今、私と同じ仕事をやるようになった。女同士って、年とればとるほど普通の何でもない日常会話ができるじゃない。それが、息子だとどんどん離れていっちゃって、日常的な会話をするのが難しいのね。だから仕事の話とかして、おやじと息子みたい。

岸田　でも、やっぱり親子になってるじゃない。

佐野　仕事でちょっと自信がなかったり、困ったりしているときは、絵を持ってきて、相談に来ることがある。自慢しに来ることもあるし、私の仕事をくそみそにけなしていくときもね。

だから、仕事の話をしているときが、私も彼も一番素直かもしれないわね。

岸田　例えば、お宅の息子さんがうちの子だったらどうだったでしょうね。

きっと彼は、恥ずかしがってもだえ苦しんだと思うわ（笑）。

佐野　そんなことないわよ。

うちの子なんてちょっとぐれちゃった時期あったし。でも、私みたいな母親を持ってぐれなかったら変だし、もしあれがいい子だったらもっと後で大変なことになっただろうって思うし。ぐれたって言ったって、今考えると大したことなかったんだけど……。

母親というのは、どんなお母さんだって心理学で言う「グレートマザー」のように、子どもをのみこんじゃうみたいなところがあるわけじゃない。評論家の鶴見俊輔さんがよく言っているけど、「愛情ぐらい困るものはない」って。たぶんそういう意味では、私はすごくやりづらい母親だったんじゃないかと思う。いい子だったらきっと反抗もできないぐらいの力は、私にあったんじゃないか。だから、親ってばかね、よくぞ反抗してくれた、ぐれてくれてありがとうって思うの。

岸田 まゆと佐野さんの息子さんとが話したら、おかしいだろうね。どんな話をするかしらね。

（「母の友」1998・11）

1999年　佐野洋子の仕事

1999年　童話『おとうさん おはなしして』理論社
画文集『あっちの女 こっちの猫』講談社
脚本「丘の上のおばさん」演劇集団 円
マージョリー・ポプルトン 作　掛川恭子 訳
　　絵本『ちいさなくし』福音館書店　絵
エリック・カール 作
　　絵本『こんにちは あかぎつね！』偕成社　翻訳
ベラ・B・ウィリアムズ 作
　　絵本『ひろいそら あおいそら』ほるぷ出版　翻訳
ベラ・B・ウィリアムズ 作
　　絵本『うたいましょう おどりましょう』あかね書房　翻訳
他、挿絵など

◆対談　おすぎ

ここだけの話

1999

映画評論家

おすぎ Ⅰ

ミッチー・サッチー問題

おすぎ　野村沙知代と浅香光代のバトル、どっちがすごいって言ったら野村沙知代の方がすごいと思うよ。

佐野　あたしあの人豪傑だと思ったね。

おすぎ　豪傑かなあ。

佐野　だってあたしあれだけ言われたらさ、あれの一万分の一だってあんなに叩かれたらすぐ首吊って死んじゃうわ。でも全然動じないもん。

おすぎ　全然思わないわ、佐野洋子が首吊って死ぬなんて（笑）。大体真っ裸で風呂の中飛び込む女が首くくるとは思えないわ。

佐野　だってそんなこと恥ずかしくないもん。お金ごまかす方が恥ずかしいじゃん。

おすぎ　そうだと思うけど、でも何て言うの、生き方としてそれを責めることはできないし、あんなふうにマスコミがやることもないと思うのね。で、今ワイドショーを観ている女の人たちで「もうやめればいいのに」と思っている人が七十パーセントなの。その七十パーセントに「オンエアしたら観ますか」って聞いたら六十八パーセントの人が「観ます」って言ったんだって。

結局私は何の話をここでしたいかというと、日本の女は目覚めよって言ったたって目覚めないのよ、要は。頭ではわかっているんだけど、行動はチャンネル回しちゃうのね。女たちは考えるべきなのよ。わかる言ってること？

佐野　よくわかるわよ。たとえば戦争が起きたのだって、昔はテレビがなかったけれど、新聞や何かそういうマスコミュニケーションで日本国民がみんな同じ意識を持たされたと同じように、今はテレビっていうものが日本人全体の価値観というものを情報で操作できるっていうことでしょう。

おすぎ　そうなのよ。だから何が一番ダメかというと、たとえばアンナと羽賀研二がくっついたとかどうとかああやって取り上げていること自体、もう頽廃してるっていうことなのよ、この国は。

佐野　もうおっしゃる通りです。

おすぎ　そうでしょう、下らないの。何が一番ダメかっていうと、あたしはもうすぐ五十五でしょう？　そうすると、あたしたちと同じぐらいの人が娘さんや息子さんを持ってて、その人たちがもうお父さんお母さんになっているわけじゃないですか。そうすると、あたしはもちろんゲイだから結婚する気もないし、子供ってこともないけれど、まわりの人はみんな結婚してるのよ。で、子供を作ってるの。その人たちが子供たちにちゃんとした躾なんてできるはずないでしょ、あなた。躾ができてない子たちで、ましてや何が一番いけないかって言うと、みんな子供部屋を早いうちから作るでしょ？　そうするとコミュニケーションのしようがないから、それで喜怒哀楽を表現する方法も知らないし、テレビとゲームとコンピュータしか見てない子たちは語彙が少ないから本を読まなくなったでしょう。あたしたちの頃なんて、小学校のときに『若草物語』*から何からそれぞれ名作文庫で読んでるわけよね。それで中学に入ったらスタンダールを読み、高校に入ったら『論語』を読みっていうふうに本に接してきたから表現方法もいろいろある。それがなくなってる子たちがお父さんやお母さんになってて、その子供はアホになる以外しょうがないじゃないの。

佐野　でも、どんな馬鹿でも生きていけるっていうことが平和の尊さね。

おすぎ　まあねえ。うん、名言だわね（笑）。

佐野　それであたしいつも思うの、テレビ観てて。何だっけ、コギャルがおっさん騙して何かしてるって……。

おすぎ　援助交際。

佐野　はいはい。で特攻隊で、二十とか十八でものすごく優秀な人たちが命を賭けて日本を守ろうとしてあいつらのために命を捨てたかと思うと、あたし悔しいよ、やっぱり。

おすぎ　そういう人たちが死んじゃったから、カスばっか残っちゃったのよ（笑）。ほとんど優秀なのは戦争で死んでるのよ。

私すごくいけないと思うのは、最近のゲイの子たちっていうのは中学生高校生からいて、二丁目なんて土曜日なんかに行くと、道路に若い子がうじゃっといて、おじさん捕まえて体売って金にしようとしてるんだから。どうしてそうなっちゃったっていうのは簡単よ。

昔むかし、昭和三十一年に売春防止法っていうのを作ったのね、市川房枝っていうおばあちゃんと、それに一緒になって票が欲しかったじじいたちが何も考えなかったわけ。あたしは売春をもう一回戻せって言っているんじゃないのよ。そもそもああいうことをなくそうと言ったのは爺婆ばっかなのよ。何せ自分たちがもうセックスしないから。それで一応は大義名分があったのよ、「かわいそうな女の人たちがいる」って。それからもう一つは、暴力団にお金が流れるとかいうことを言って

＊ルイザ・メイ・オルコット作の四姉妹物語。講談社「少年少女世界文学館」版では、１９８７年に佐野洋子が巻末に寄稿している。

たの。だけどもし、本当に組織をなくそうと真剣に思ってやるのだったら、三十年先、四十年先の男の子がどうなるかっていうのを考えておくべきだったのよ。

男の子たちは、昔は吉原とか福原とかっていうところがあったから、どんなブ男でも多少知能が足りなくても、それから障害を持ってても、町内の先輩だとか職場の先輩だとか、そういう人たちがある一定の年齢にいったらお金を払って女の人を与えたわけ。どんな男でも、ひと通りお金を払えば女の人を乗り越えて行けたの。女の人を乗り越えることができるっていうのは、自立の始めなのよ。

学校は本当の美も教えないし、本当の知も教えないし、ただ勉強ばかりやって……っていうことから始まっていることを、今は自覚しなきゃいけないのよ。大体、どこもかしこもミッチー・サッチーばっか観てる女たちがいるっていうことが問題だと思うわけ。（聴衆に）ミッチー・サッチー観てる人は？

佐野　あたしだけだって（笑）。

おすぎ　これだけ言って手を挙げる人もいないわね（笑）。でもどう思う？　そうじゃないと思う？

佐野　ここだけの話よ。あたしね、何が一番いけなかったかっていうと、戦後民主主義がいけなかったと思うのね。要するにみんな一緒だっていうことになってしまった。昔は分を知ってたわけよ。だから勉強が好きで秀才な子だけが大学行って学問すればよかったのに、みんな一緒だから何でもみんなと一緒にしないと不満不平を持つようになったわけでしょ？　だから民主主義っていうのは日本の場合、悪くしか作用しなかったっていう感じがするのね。こんなこと世間で言ったらあたし袋叩きにあって、もう生きていけないと思うんだけれども……。

おすぎ　ううん、十分生きていけると思う（笑）。

佐野　やっぱり、人間って平等ってことはあり得ないんだよ。それを平等だって建前があるわけじゃない？　みんな全然顔も違うわけよ。みんなそれぞれいろいろな条件を持って、自分に与えられた運命っていうものとか宿命っていうことを生きていくっていうことが生きていくことだと思うのね。みんな一緒だって言ったら、そりゃ整形が流行るでしょ。で、みんなが同じものを持っているのが当然っていうから、コギャルがシャネルを欲しがるわけでしょう？

おすぎ　この間毎日新聞の取材があって、「コギャルについてどう思いますか」って言うから、今みたいな話をまずしたわけ。だけど親はどうしてわからないかって言ったら、……ここにいらっしゃる方はないと思うけど、自分の娘がシャネル持ってたりヴィトン持ってたりしたら、そんなにお小遣いあげてないのにそんなの持ってるのは盗むか体を売ってるかのどっちかよ。それは気がつけば言うべきことじゃない？

佐野　子供って「借りたの、何ちゃんに」とかって言うんだよ、きっと。

おすぎ　……そう言うの？

佐野　言うわよ、子供なんてどうだって嘘つくわよ。

おすぎ　あっ、そう。

佐野　やっぱモテない体を持ってると、わからないことがあるのねえ（笑）。だけど気がつくでしょ。そして気がついて、「借りてる」って言ったら、「そんな高価なもの返しなさい」とか、お母さんがその子のところに行って「申しわけございませんね」って言うのが親でしょう。でも「あ、そう」って言うんでしょう、今の親って。

おすぎ　あたし、この間NHKでやっていた、「あなたはどんなご飯を食べていますか」って訊いて子供たちが描いた絵を見て唖然呆然、「こんなの？」って思っちゃったもん。だってあなた、朝ご飯はあんパンと何とかだったり、おじいちゃんとおばあちゃんと一緒に暮らしてて、おじいちゃんとおばあちゃんはお魚とご飯とお味噌汁とちゃんと作ってるのに子供たちが食べなくて、お母さんが「〇〇ちゃん、スパゲッティでいいのね」って、そんな馬鹿な親がいる？　だから裕福になったっていうことがいけないのよ。

佐野　そう！　絶対そう思う。

おすぎ　大体あたしたちまではスパゲッティなんて食えなかったわよね。

佐野　あのね、あたし思うのに、日本のモラルっていうのは貧乏っていうことがもとになってたのよね。だから勤勉であるとか節約であるとか分を知るとか、それから礼儀正しいってことは全部貧しいっていうことが基本になってたのね。それが全部中流家庭になっちゃったら、どうやって子供をやっていいかわからないわけよ。ほら、二代か三代前は士農工商があったから、貧乏人は貧乏人の子供の育て方っていうのがちゃんとあったのよ。だけどみんな同じになったら、モデルがないからどうしていいかわからないわけよね。それでほとんどのことが金で解決するようになっちゃったんだよね。こんなこと言って何になるかね（笑）。

おすぎ　何になるかじゃなくて一番肝心なことは、みんなは思ってても確認できないってことがあって生活しているわけよ。だからそれを自分では実践しようかなと思うんだけど、まわりを考えてみると、「みんなもやっているんだから、うちの子にもさせなきゃ」って思うわけよ。

おすぎと佐野さんの話を聞いて、「じゃあうちの子だけ厳しくやりましょう」って言ったってできるわけがないわよ、「うちなんて貧乏なんだからね、あんた一汁一菜よ、ハンバーガーなんてもってのほかよ」とかって。

佐野　ここで喋ってることがまったく無駄ってこと？

おすぎ　無駄よ、無駄だけどどこかで気がついてくれる人たちがいれば、そう、それを信じるしかないわけよ、あたしたちは。

テレビが世の中を悪くした？

おすぎ　たとえば映画の話をあたしはよくするんだけど、日本映画のことをどうしてあたしがけなすかっていうと、昔は本当にスターがいたじゃない？　昔はスクリーンを見上げたのよ。それでテレビが出てきて、最初のテレビはまだいいのよ、コンソール型になっていたからみんなで見上げて観てたり、みんなひざまずいたりしてね。

佐野　ずっと前はカーテンが下りるようになってたんだよ、ビロードでヒラヒラのついたのが。

おすぎ　みっともないけどね、それは（笑）。それでお家に行って観せてもらったりしていたわけじゃないですか。それが裕福になって部屋の数だけテレビがあるっていうと、大体コンソール型なんてなくなっちゃって、テレビを見下げるように観るからスターなんていらないわけよ。隣の姉ちゃんみたいなのがたくさん出てきて、面倒くさかったらけっとばせばいいんだから、っていう状態になって、スターたちがだんだんいなくなっちゃったのよ。もうこの話はどれだけしたか。林真理子が出てきたことがいけなかったっていうのをいつも言ってるんだけど、真理子が出てきて「あんな容姿の人でもスターになれるんだ」ってみんな思っちゃったわけよ。

佐野　だってあの人、顔を利用する人じゃなくて文章書く人でしょ？

おすぎ　昔は顔も売り物にしたのよ。それをあるとき気がついたのよ、あんまりあたしたちが言うから。それまでは出たがりやだからさ、山梨の人間だからね。

佐野　あたしもね。

おすぎ　あ、そうだわね（笑）。だけど一番いけないのは、スターがいなくなったっていうこと。映画を観ててわかると思うけど、昔はそれこそ原節子さんだとか山田五十鈴さんだとか、あの森繁だってうまかったわよ。佐田啓二さんだって高橋貞二だって山村聡だって佐分利信だって佐野周二だって、みんな素敵だった。まだ若かった頃の吉永小百合や裕ちゃんだって、みんな観てたでしょ。それがスターがいなくなっちゃったから裕次郎の十三回忌に、あんなに裕次郎記念館に行っちゃうのよ、恥ずかしい。知ってる？　たくさん来たのよ。あたし石原裕次郎っていい男って思ったことないのですっごく不思議で不思議で、またニュース観ちゃうのよねえ。

佐野　うん、十五万人とかって来たのね。

おすぎ　女の人は自分の過ごしてきた時代っていうものの残しておきたかった心のかけらをもう一回磨きたかったんだろうと思うのよ。そのときに普通の人は鏡を見るわけよね。すると「裕ちゃんとともに若かった頃の自分と何と違うんだろう」って思ったら恥ずかしくて行けないわよね。鏡を見るっていう気がもうなくなっている人なのよ。テレビばっか観てるから、テレビに映っている人たちが全部自分と同じだと思っちゃう。

佐野　そこの家にはみんな鏡がないの？

おすぎ　そうでしょうね、鏡だとか水の映る甕《かめ》とか、そういうのは全部なくしているんだと思う。そういうところからアイデンティティってものを全然なくしちゃっているんじゃないかな。やっぱり裕次郎さんのところの石原軍団っていうのはうまいから、おいしくもないワインを先着五万本あげますとかね。あれは松竹梅っていう会社がずっと宣伝やってたから出したのよ。お金かかってないのよ、もともと。

それが五万本だけでは足りないからって売ったわけでしょ。あれは宣伝費だと思えば全然構わないからやったわけよ。そしたら今ただでもらえるものだったら何でももらおうって人間が山のようにいるじゃない。まして五万本だったら十年経ったらプレミアムがつくとか思っても、十年経ったってあの安いワインはちっともおいしくならないのよ。そういうのをやるから十五万人も来るのよ。テレビであれだけやってたら、誰だって来るって。で、そういうことをきちっと計算している人たちがいるのよ。じゃなければね、あんなふうには集まらない。

佐野　でもね、あたし小樽行ったときにさ……。

おすぎ　行ったの？

佐野　行っちゃったのよ、もちろん。

おすぎ　石原裕次郎記念館ですよ、行くの、そんなとこ？

佐野　だって今ね、小樽の観光目玉はあれよ。行ってる間に、今回のことが異常じゃないんだってあたしは思ったのね。もう二、三年前だけれども、観光バスがもうひっきりなしに来て、ドドドッて、お葬式に行ったみたいな人たちがざーっと降りてくるわけ。それで中に入りきれないの。なぜかっていうと入り口でいいとこ取りをしたみたいな短い映画を少しやるわけ。それで十五分ぐらい観るとみんな詰まるわけよ。そうするとほら、並んでるっていう印象が出る。だからとても上手なのね、そういうところは。それであれはいまや小樽の観光資源として一番大きいわよ。

佐野　そうよ、知ってるわよ。

おすぎ　あれだって仕掛けたのは小林専務たちだもん、小樽であれやろうって小樽に持って行って第三セクター作ってやったのは。

佐野　だからイベントを仕掛けた今回の人だけじゃなくて、そういう……。

おすぎ　作ったとしても、失敗することもあるわけじゃない。

佐野　だから失敗しないように一年のうちに何回か、渡哲也だとか舘ひろしとかを連れて裕ちゃんのお祭りをやるのよ。たしかに渡君なんてあたしに向かって、「石原のために映画を作らなければいけないんです、それが石原に対する僕たちの思いなんです」って言ってるけど、あんな年中イベントやってたら映画なんかできないわよ。やっぱり「つまんない映画はみんなやめましょうね」とか言っていかなかったら、いっくらでもダメになっちゃうのよ。

佐野　本当にそうです。

おすぎ　そうでしょ？　テレビがすごく悪いんだから。テレビが世の中をダメにしたって言っても過言じゃないぐらいダメにしたと思う。

佐野　ほとんどそうだと思う。それにさ、あたしワイドショーよりもっと腹が立つのは、普通のゴールデンタイムってみんながよく観るお笑いのタレント、要するに吉本興業とかそういう人たちのばかりやってるわけじゃない？　あれはやっぱりすごい問題だと思うよ。

おすぎ　んなもんしょうがないのよ、みんな軽いものしか好きじゃないの。

佐野　「しょうがない」って言ったらしょうがないでしょ。

おすぎ　「菊次郎の夏」*って映画をご覧になった人いる？　あたしが来て映画の話をしないとみんなブーブー言うくせに、「映画を観ました？」って言うと「ええ……」って。あたしは何しに来てるかわからない。

佐野　あなたは話がうますぎるからさ、説明するとみんな観たような気になっちゃうのよ。

おすぎ　あたし少ししか言ってないじゃないの。「菊次郎の夏」っていうのは、すっごくつまんない映画だったの。本当にものすごい、もうゴミくずとかそんなものじゃない、フィルムの無駄な映画だったの。なぜかというと、あたしたちはたけしがやっているお笑いタレントっていうのを熟知し

＊北野武監督・主演。1999年日本映画。

ているわけよ。でもたけしのギャグっていうのはだんだん寒くなって何も面白くない。それを映画でたけしはやったのよ。

で、フランスに持って行きました。フランス人は映画監督のたけししか知らないのよ、コメディアンのたけしは知らないから評価しちゃったの。それでシュヴァリエ章っていう勲章をもらったでしょ。あれだって本当に、もう何もない勲章なのよ。フランスってすごく面白くて、「あなたは勲章あげるような資格になりましたけど、受け取りますか」って電話がかかってくるの。「はい受け取ります」って言うじゃない？　そうすると「実費をください」って言うの。お金取るのよ。で、お金取ってそれで作ってくれるのよ。あれはレジオン・ドヌール勲章でも一番下なのよ。レジオン・ドヌール勲章にもいろいろランクがあって、たけしがもらったやつは本当にペーぺーのやつなのね。何の効力があるかというと、駐車違反をしたときに許してくれるとか、本屋で万引きしたときに大目に見てくれるぐらいは効力がある程度のそれくらいのものなのね。

佐野　本当に駐車違反を許してくれるの？　日本で？

おすぎ　違う違う、フランスでよ。

佐野　ふうん。

おすぎ　それをあなた、ＮＨＫから始まって全部のニュースでやったでしょう？　知っている人が見たら、「恥ずかしいからやめろ」って言ったの。「何であんなもの」って。あたしの友達なんかごまんと持ってるわよ、みんなお金出して同じものを。ただ「菊次郎の夏」っていう映画が出るからそのときに合わせてもらってる。今、報道する人たちは見識が全然ないのよ。

佐野　そう思うよ。

おすぎ　思うでしょ。世の中こんなになっているのに、お昼のニュースの一番最初が武蔵丸の綱打ちの風景、それがニュースの一番最初よ。それに、今の大学教授はコンパのときには隣に女の子を座らせないんですって。どこの国で大学の先生たちにセクハラに注意のお達しが出るの？　そういうことも含めて、やっぱりこの国は圧倒的にダメになってるのよ。

佐野　おっしゃる通りです（笑）。

おすぎ　軍事評論家たちもすごく馬鹿。テポドンがどうのこうのなんて言ってるけど、北朝鮮が本気になったらあんなものじゃなくて、敦賀だとか泊だとか、あのあたりの原発にいくつかポンポンッて爆弾しかけちゃえば日本なんてすぐ死んじゃうのよ。そんなこともわからないで——まあ知ってる人は知ってるんだけど、ああやって全部一つのところから言われてることをマスコミは書いてるだけなのよ。
佐野　だけどあたし思うんだけど、日本の政治を動かしている人はそんな馬鹿ばっかじゃないと仮定したら、そしたら馬鹿番組を流すっていうのは国家の陰謀かもしれない。
おすぎ　そうよ。国民を馬鹿にしようとしてるのよ。
佐野　そうでしょ。だからもしかしたらあんな馬鹿番組を好きなようにやらせている国家っていうのは、なかなかのツワモノかもしれないじゃない（笑）。
おすぎ　それはたしかに小渕総理みたいなのが、支持率高いっていうのはツワモノよね。だから絶対いるのよ、そういうことを考えている人間が。
佐野　それで結局、日本人っていうのは私、一人一人、個人個人が自分の考えを持つっていうのを阻止する国家だと思うね。だからテレビで流す情報っていうものを、単なる情報に過ぎないのにそれを真実だと思う人がいっぱいいるわけじゃない。
おすぎ　ここへ来て暑い思いして汗タラタラ流してあたしたちの下らない話を聞いてる人は、まだ意識があるのよ。全然出てこないでゴロゴロ横になってる人間たちこそ、危ないのよ。
佐野　どうやって捕まえて、ちゃんと改心してもらう？

自分の考えを持つべき

おすぎ　とにかくね、もう本当に悪い世の中だと思うよ。大体、瀬戸内寂聴をいいお坊さんだと思っているような女たちがいること自体、間違いだと思う。

佐野　日本人の常識って何かっていうと、世間と一緒になることなんだよね。でも本当は自分自身の中で自分の考えを持つっていうことが、私は常識を個人個人が持つことだと思うのね。日本っていう社会は、一人一人が考えを持つっていうことをすごく嫌う。

おすぎ　うん、でも楽だからね、持たない方が。

佐野　そんなこと言っちゃダメよ！

おすぎ　だって考えてみてよ。東京なんて特にそうだけど、奥様同士が、「あなたフランス懐石があるのよ」「行きましょうか」ってみんながまたアニマルプリント着て銀座で会って、「十一時ぐらいは混んでるから一時半頃から行きましょう」って、三時か四時までフランス懐石の二千五百円か三千円のコースをみんなで食べてベチャベチャ喋っておなかいっぱいになったら、どう考えたって家に帰って夜の支度なんてしたくないじゃない？　じゃあ旦那と子供のためにはちょっとデパートの食品売り場に行って、辻留が出している何とかっていうのを買ってきて子供たちに食べさせてる、っていうのが今の母親よ。大体、懐石料理なんていうのは晴れの日に食べるもので、年がら年中日常的にそんなもの食ってたら、アホになるわよ、ガキだって旦那だって。

佐野　あたし、すごく日本の男は偉いと思うんだよね。自分の小遣いは三万円だよ。それで女房はテニス行って、昼間懐石料理食って、それで何だか知らないけど、名前がついた何かを買っているんだよ。あたし男だったら絶対そんなもののために働くの嫌だけど、みんな三万円で働いているんだよね。

おすぎ　それで不思議なことに、昔全然ブスでモテなかった女たちが勉強がんばってやって大学出て、たいてい女性の解放とかって言うじゃない？　あたしたちは絶対言わないじゃん、女性は敵だと思ってるから。で、女性の八十パーセントは旦那に食わせてもらってることに喜びを感じているじゃない、何かって言うと。

佐野　喜びじゃないでしょうよ、楽したいからでしょう。

おすぎ　そうね。それで必ずその女たちが言うのは、「あたしにはもっと理想の人がいたけど二番手、三番手のあんたで我慢したのよ、だからあんたも我慢しなさい」って男たちに言うわけよ。……いい男なんていないからね、言っとくけど。映画や舞台で観るようないい男なんていない。いてもあんたのとこには来ないってもうみんなわかってるから。一生手に入らなかったと思うような女じゃない女たちが、「あたしにはもっと理想の男がいたけどあんたで我慢してるのよ」って言ってるのに、男は「あ、そうですか」と思ってるのよ。

佐野　何で男はそう思うわけ？　腹立ててさ、「そんならお前一番いいとこへ行きゃいいじゃないか、俺のところなんか来るなよ」って言えばいいじゃない。

おすぎ　男はねえ、今は悲しいの。男がどこから悲しくなったかっていうと、給料が振り込まれるようになってから。お給料袋を持って帰って来たときには、「お父さんよ！」って言えたわけよ。それをうやうやしく神棚に載っけたり仏壇に載っけて「お父さん、今月もよく働いてくれました」って。それが最近は紙っぺら一枚であとは全部女房のもとでしょ。そうなってから男は悲しくなったのよ。財政は全部女房が持っているんだもの、自分はもう持てなくなっているんだからさ。

佐野　持てなくなってるって言ったって、自分が働いて、自分が稼いだんだからさあ。

おすぎ　あんたは、自分で働いて自分でいいように使ってるから、そういうふうに見るけど、今の男は自分で働いて自分でいいように使えない男になっちゃったのよ。

佐野　なぜなっちゃったのよ！
おすぎ　それは会社組織が間違っているんでしょ。
佐野　どうして日本の会社組織が間違えたのよ。
おすぎ　銀行とコンピュータ会社に騙されているのよ。
佐野　どうして騙されたのよ。
おすぎ　その方が楽だからよ。
佐野　だったら男が悪いじゃん。
おすぎ　男が悪いのよ、本当に。これはもうわかっているように男が悪いのよ。
佐野　でも男が何だかかわいそう。
おすぎ　いや、だってあたしが惚れるような男がいなくなったんだから、それはもう悲劇よ、あなた。だからどんなに男っぽい男っていうのがいなくなったかよ。
佐野　そう。私はもういいんだけど、自分と関係あるなしにかかわらず、たとえば映画観ていい男を見たらやっぱ「いいな」と思っちゃうわけじゃない？　でももうこの世にいないから、私もう時代小説を読んでるのね。
おすぎ　まったくそうよ。あたしはそのことで「男気のある人ってどういう人たちですか」って言ったら、「柴田錬三郎だとか五味康祐だとか山手樹一郎だとか、ああいう時代小説に出てくるヒーローしか男気を持ってる人はいないんですよ」って思うでしょう。

佐野　もう本当に思う。それでさ、何が違うかっていうと、今、「命は地球より重い」なんて言う。あんなこと戦国時代に言ってられないよ、本当に。だから命を惜しむようになった男が悪いと思うの。やっぱり男は死にどきっていうのがあるし、何かのために死ぬの。

おすぎ　あたしだって死にたいわよ。本当は三十になったら死のうと思ってたもの、あんたが三十のときにショックだったように。だけど死ねなかったわよ。三十でデビューしたからしょうがなかったのよ。で、あたしは五十までで、生きるのやめようと思ったの、やっぱりきれいなまま死にたいと思ったから。でもふと気がついたら五十五よ。

佐野　だから何て言うのかしら、男がやっぱ必死になるっていうことがなくなっちゃった平和な世の中っていうのは。当然平和を守るっていうことはそういうことなのね。だから戦争がないってことを喜んだら、やっぱりそういうつまんない、馬鹿でも生きていけるっていう、何も考えなくても生きていけるっていうことを守るために戦後日本民主主義はあったし、みんな必死になってそれをやっぱり、守っているんだと思うよ。

おすぎ　戦争はあたしもいいことだとは思わないわよ。だけど男だとか女だとか人間だとかっていうふうに考えていったら、闘争本能がなくなったらば、それはもう終わりだよね。どこよりも何よりも自分の位置がよくなりたいって思うのは、やっぱり高みを望めばそれはどこかで切っていかなければならないものはたくさんあるわけだから、そういうことから言えばそうだけど、でも私はもう滅んでいく国だと思っているわけよ、この国は。だから別に多くを望まないし、あたしは年下の男の子でちょっと遊んでつまんなくなったら捨てるっていうことを続けていけば、あたしはあたしでね、サッチーみたいに生きていけるから文句はないわけよ（笑）。まあこういうところに出てきて、そんなこと言っても誰もこっち向いてくれないから、「頑張るのよ」「そんなことやっちゃダメよ」ってやっぱりやるわけよ。

佐野　あたしは、ほら、日本に生まれたじゃん？　それは宿命じゃない？　選ぶことができなかったんだから。だからあたしはやっぱ日本を愛したいと思うのね。

おすぎ　ずいぶんあなたって素晴らしい発言をするじゃない。何かちょっと違和感でこの辺が揺れたわよ（笑）。

佐野　うん。でも、「日本を愛したい」なんて言うと、右翼かと思われちゃうわけ。

でもあたしはやっぱり、日本の気候であるとか風土であるとか自然であるとか言語であるとか習慣であるとかっていうのを、そんなさっささっさと国際化なんかしてほしくないし、それぞれの国をやっぱり愛したいと思うのよね。愛したいって、愛国心持ちたいんだよね。日本人ぐらい愛国心持ってない民族はいないのね。危険じゃないわけよ、国境がないから。だけど、その安全っていうところの中で、安全はタダかと思っているっていうのより、やっぱりもう少し緊張感があって、自分たちの独自性っていうものをもう少し考えてもいいと思う。……ただ、右翼って思われるから今のことはないことにする（笑）。

おすぎ　右翼じゃないと思うよ。あたしは天皇制なんて全然いいと思ってないし、あんなもの別に家元みたいな制度で、大体天皇制があるから家元制度ができたのね。ただ、何かを感じ取るっていう心は常に持っておくべきだと思うし、そのためには環境だとか自然とかっていうものは大事にしておくべきだと思うのね。そのことをもっと声高に言ってもいいと思うよね。裕福になったけれども不幸になった人はたくさんいると思うわけよ。お金は儲かったけど、体をダメにしちゃう人もいれば自然を壊しちゃう人たちもいるっていうことを考えれば、どこかで何か修正していかなければいけないかなって思うしね。

あたしがとにかく思うことは、自分はカミングアウトしたつもりはないのね。小学校のときからこういう喋り方だったし、それでコミュニケーションができればいいと思っていたし、別に男が好きだってことが不自然じゃなかったし、自分はそのことについて誰からもとめられることもなかったし、すくすく健康におかまの道を歩いて来ちゃったから、そのことに対してあたしはおかしいとも思ってないし。ただ差別されたっていうことがあるとすれば、朝日新聞とＮＨＫには出してもらえなかったっていうのはあるけど、でもそれはあたしの能力がなかったんだろうと思って。今はＮＨＫだってＵＦＯとおかまがいることに気がついたから、どんどこ出すようにしてるけど。

我を張るんじゃないけど、自分の意志や意見は通すべきだと思うのね。隣の奥さんが来て「どこか行きませんか」って言っても、行きたくなかったら「行きたくありません」って言えばいいんですね。下らない妥協はやめた方がいいんじゃないかなっていうふうに思うわね。だから「みんなが観てるから観ましょう」じゃなくて、「みんながやってるのなら、やめます」っていうのは、あたしは大事なことだと思う。

佐野　思います、思いまーす（笑）。

おすぎ　だから一番肝心なことは、あたしたちが気がつかないと何も世の中よくならない。行動起こすか行動起こさないかは別として、まず気がつくことね。「これはおかしいな」って気がついたらテレビのチャンネルを切れば、サッチーだって生きてないのよ。一番の怪物を殺すことができるのは、チャンネルを切る意志。すごい言い方でしょ、「こういうの難しいな、またやってるわ」とかってそのところを断ちきる。昔の主婦は、午前中は旦那と子供を送り出したら洗濯掃除いろんなことをやったわけ。それが今はダイニングに座って紅茶をいれてどこかの奥さんから電話がかかってきてべらべら喋って、「観た、サッチー？」なんてやってちゃダメなのよ。そのへんのことをきちんとやるようになれば少し生活が変わるかもしれないし、子供のところにも目が行くんじゃないかなと思うの。

（書店「メリーゴーランド」講演会　1999・7・25）

2000年〜2004年　佐野洋子の仕事

2000年　「朝日新聞」 エッセイ連載（『あれも嫌い これも好き』）
エッセイ集『あれも嫌い これも好き』朝日新聞出版　広瀬弦 挿絵
絵本『かってなくま』偕成社　広瀬弦 絵
エリック・カール 作　絵本『カンガルーの子どもにも かあさん いるの？』
偕成社　翻訳
河合隼雄 著『おはなしの知恵』朝日新聞出版　装画
展覧会「佐野洋子の世界」ふくやま美術館
他、装画など
エリック・カール 作　絵本『こんにちは あかぎつね！』
2000年度 第5回日本絵本賞翻訳絵本賞受賞

2001年　絵本『ねえ とうさん』小学館
他

2002年　PR誌「ちくま」 373号〜 390号　エッセイ連載
（『神も仏もありませぬ』）
たかどのほうこ 作　絵本『ぼんぞうの のぞきだま』ポプラ社　絵
長嶋有 著『猛スピードで母は』文藝春秋　装画
他
絵本『ねえ とうさん』
2002年度 第7回日本絵本賞受賞
2002年度 第51回小学館児童出版文化賞受賞

2003年　エッセイ『神も仏もありませぬ』筑摩書房
雑誌「小説トリッパー」 エッセイ連載（『役にたたない日々』）
他

【紫綬褒章受章】

2004年　展覧会「佐野洋子 絵本の世界展」世田谷文学館
他、舞台宣伝美術など
エッセイ集『神も仏もありませぬ』 2004年度 第3回小林秀雄賞受賞

【乳癌により左胸全摘出】

2005

生活を愛する物書きの性質《たち》

作家
山田詠美

佐野　はじめまして。実はあたし、文学を論じること苦手なんで。それで、今日はどうしよう、何話そうって緊張してます。変なこと言っちゃったら、ごめん下さいませ。

山田　いえいえ、前に女性誌で私の作品の『トラッシュ』*についてすごく素敵な言葉で書いて下さったんですよね。「私だったら勝手にノーベル文学賞あげちゃう」って。あの時は感動しました。本当に励みになったんです。そういえば昔、佐野さんの絵本『100万回生きたねこ』を、知り合いの男の子に貰ったんです。そしたら裏表紙にラブレターが書いてあって、すごく感動したの。ところが数年たってある女性と話してたら、実はその男は彼女にも同じものを贈っていたということが発覚して（笑）。

佐野　二冊売れた（笑）。

山田　口説きアイテムだったんですね。でも前にも谷川さんとお作りになった本を、ラブレター代わりに貰ったことがあって。佐野さんの本って、そういうところがあるのかもしれない。

佐野　すごい。山田さん。何回も男の子からそんなの貰うなんて、あたし、一度もない（笑）。前から山田さんの作品は好きでずっと読んでいました。今度出た短篇集の『風味絶佳』**。とても面白かったです。

山田　有難うございます。

佐野　この短篇集では肉体労働の男の人ばっかりを書いていらっしゃいますけど、これは取材するんですか。

山田　いえ、一つを除いては、担当編集者が資料を集めて取材もやってくれたんです。

佐野　あの細かいところのリアリティーを描けるってすごい才能ですねー。そこにいるかと思うもの。あたしが一番好きなのはね、「夕餉」に出てくるごみ屋さんの男の子。

山田　「夕餉」には料理をはじめ、私の趣味を詰め込めるだけ詰め込んじゃったんです。

佐野　もう随分短篇はお書きになっているんですか。

＊山田詠美著、1991年第30回女流文学賞受賞の長篇小説（文藝春秋刊）　＊＊山田詠美著、2005年第41回谷崎潤一郎賞受賞、恋愛小説集（文藝春秋刊）

山田　そうですね。ここしばらくは長篇と短篇集と交互に出しています。
佐野　うますぎます。
山田　二十年もやってるんで、ちょっとはうまくならないと（笑）。
佐野　好きなんですね。書くことが。
山田　もう好きとか嫌いとかではなくなっていて「性質《たち》」みたいなものなんですね。
佐野　それは好きより上だよね。
山田　そうなんですかね。書く時、正直言って楽しくはないんですよ。でも書かないと駄目。
佐野　書かないとどうなるんですか。
山田　自分じゃない感じです。前、ある女性の小説家の方ともその話になったんですけど、二人で一番苦手なのが小説家で自己表現云々を持ち出す人かもと意見が一致したことがありました。小説書いちゃうのは、もう自分では、何ともしがたいものなのではって。私も最初は、小説家なんだから自分は書くことを好きでいるべきなんだろうと勘違いしていたんですが、ある時からこれは「好き」「嫌い」の問題ではない、文句言ってもしょうがないなと思うようになったんです。巧く書こうとしていたけど、巧いって言われなくてもいいと思うようにもなって。不思議なことにそれから「巧い」と言われるようになったんです。それで嬉しいのかと嫌みを言う人もいますが、単純に嬉しいんです。島田雅彦君に「化粧が段々薄くなるよね」と言われて、そう、殆どしてないのよと答えたら「文章もそうだよね」と言われて。それが手練手管と言うのだよと（笑）。佐野さんも、何かお作りになる時って、「好き」だからとか「自己表現」とかじゃなくて、作ることが何だか自分にくっついてきちゃってる、そんな感覚がありませんか？

佐野　あたし全然ない。最初は絵本の仕事は人のテキストで絵だけ描いてたんだけど、ひらがなだけだから、これなら私にだって書けるって思ってやり始めた。生活のための手段でした。それはずっと変わらない。本当は仕事なんてしたくないね。

山田　私にもできるっていうのは、始まりとしては正しいでしょう。私もそう思いましたから。

佐野　山田さんがどこかで、なくてはならない三つのものに「男と酒と文学」って書いていましたね。

山田　ええ。

佐野　あたしはその三つがなくても全然平気です。文学って仕事と代えてもいいんだけれども。でも私は銀行員にもなれないし、学校の先生にもなれないし、それでも生活はしていかなきゃなんない。出来ることがそれしか残ってなかった。

山田 それを私は「性質《たち》」と呼んでるんですよ（笑）。私も他に何も出来ないですからね。

佐野 そうか。自分でも絵本作るのは割合と性分に合ってたとこのごろ思い始めました。それでもできたらしたくないと思ってる。

山田 私も楽しいと思って書いてることはないです。でも仕事といえば仕事だけど、お金を稼ぐためだけではなく、これしか出来ない、自分のための仕事という感じもあるんですけどね。

佐野 たとえて言うなら自分の作っているものは未来に向かって投げているボールで、それを未来の人が受けとるって言われた時、あたしはちがうって。

山田 その嫌な感じ、それですよ！　自己表現（笑）。

佐野 あたしの絵本って絵本の正統じゃない、邪道みたいなとこがあるんですよね。でも生活のためなら、売れ筋狙えばいいのに全然する気がない。

山田 私もです。でも、結果として売れてくれれば嬉しい。他の好きな作家の人に対しても、そう思っちゃう。

佐野 その彼の方がサービス満点なものを作っている。よく売れる。口惜しい。彼とあたし、どっちも嘘ついてるのかもしれない。

山田　私も自分のやってることは生活のためだと思います。でもそれはお金だけの問題ではなく、文字通り全ての生活がかかってくるので、もっと重いものだと感じますね。書きたいことが一杯あるし、書けちゃって書けちゃってしょうがないと言う若い人がいると、書けないことを書こうとしなさいよ、と思う。私の場合書くことがないのが当たり前なんですよね。

佐野　でも書けちゃって書けちゃってみたいな人もいるんですよね。

山田　でも、そういうことを言う子の書いたものって読めちゃって読めちゃってしょうがないから、つまんないです（笑）。やっぱり「未来へのボール」とか、書けちゃって書けちゃってとか、そういうポジティヴな感じって、私が感じている自分の生業《なりわい》となって切り離せない何かとは別の、一番嫌いなタイプの恥ずかしい「希望」である気がするんですよね。

佐野　あたしはそれって向上心ではないかと思った。だとすればあたしは向上心が全然ない。そのへんの地べたで這っててていいの。例えば絵描きさんでも音楽やる人でも、とっても崇高な使命感持っている人いるじゃないですか。そういう時すごく劣等感と、尊敬が湧き上がって来る。あたしにはない。

山田　私もない。使命じゃなくて、むしろ生活必需品。でも使命とか向上心という と、「対・人」という感じがするじゃないですか。島田雅彦君と、若い時は向上心と勘違いしたものを持つことが多いけど、実はそれは向上心ではなく、本当は自分の中で完結しているもの、それがお金になっていくので自分の生活に利用しているところがあると話したことがあります。他に自分に利用出来るものがそれしかない、後先が無い感じなんですね。

佐野　友達でガラス工芸やってる人がいるんだけど「制作することは全部ごみ作ることだよ」って言うのね。あたしも自分の作ってる本なんて、すぐごみになるだろうことは判っているの。だからあんまり仕事するとさあ、世の中の公害になってよくないんじゃないかと（笑）。

山田　そうなんですよ。まあ、ごみにも可愛いごみと憎たらしいごみがありますが（笑）。でもそれって前からそう思ってました？

佐野　生活するのに大変な時は、そんなこと思ってなかった。その時の方が今より沢山ごみ作ってたと思います。だけど、段々ごみだと思うようになったわねえ。でもね、好きで生まれてきたわけじゃなし、好きなようにも死ねない。なのに生まれてから死ぬまで、その間だけ好きにしろ、自分で責任を取りなさい。その何とかしなくちゃいけない間に、あたしはこれしか出来なかったんだなとは思う。そういうことしてない人も一杯いるわけで。でも、仕事している自分よりも普通の人として生きていたいと思うよ。

山田　「ふつうがえらい」？

佐野　いや、そうじゃないけど、普通に生きるのって大変なんだよね。あたしは自分が特別だと思うのが凄く嫌なの。

山田　私もなんですよ。友達にも何でこんなに地味なの？　と言われる日常を送ってますが（笑）。でもその普通の部分が支えている、普通じゃない部分って誰にでもあると思うんです。最初はいかに普通であるかをアピールしたんですけど、やっぱりどうにもこうにも普通じゃないとこがある。今は、かえって嫌味なんじゃないかと思って変なとこも出せるようになったんですけど、それは年齢を経てからですね。若い頃は、エキセントリックな人間じゃないということを殊更に強調していましたけど、今はもうそれが私なんだからいいやと思うようになりました。

佐野　それが自分の普通だから、しょうがないんですね。でもね、何が普通かというと、数が多ければ普通ということではないじゃん。完璧な人なんていないし、人って皆普通じゃない。すっごい普通に見える人が、すごいこわいことある。

山田　自分にとっての普通の定義って人によって違いますもんね。そういえば前、男友達に「お前の周りっていろんなこと起きんのな」と言われて「私はアクション起こしてないし静かなのに、勝手にそういうのが寄って来るのよ」と答えたら、「台風の目ってそうじゃん」って言われて（笑）。

佐野　で、台風にはどう対処してんの？

山田　それはよきに計らえって（笑）。

佐野　一時は自分も台風になっちゃうんでしょう？

山田　そうなんですよね。しかも台風ってちまちま後から後から発生するんですよね（笑）。

どこにいるか、誰といるか

山田　今、佐野さんは八ヶ岳にお住まいでしたっけ？

佐野　北軽井沢です。あたし、去年病気で手術をしたので、去年はほとんど行けなかったんだけど、それ以外はここ五年位は一年中いました。

山田　冬は寒いんじゃないですか？　近くに遊びにいった時、夏だったにもかかわらずタンクトップでは寒かった記憶があります。

佐野　でも冬が一番好きです。世界が真っ白で空が限りなく青くて音がしない。キーンとしている。灯りがついているのはあたしの家だけなの。熊でも強盗でも来たら抱きついていきたい位シーンとしている。

山田　軽井沢って物書きの人が多いですよね。

佐野　北軽井沢と軽井沢は全然ちがうんです。まちがわないで下さい。軽井沢からは車で四十分くらいかかる農村地帯です。

山田　じゃあ本当に何もない感じですか。

佐野　何もない。でも朝起きて、窓をパッと開ける時、毎日嬉しい。同じ木の葉っぱが昨日と少しずつちがう。すごいなあ、そのうちに固い花芽が出て来て花が咲く。すごいなあ、東京じゃ、窓開けても電線しか見えない。朝起きて嬉しいなんてこと無い。金があったら買いものに行きたいなあと思う位で。

山田　私はやっぱり街が好きですね。うちは窓開けてもカラスしかいないけど（笑）。自宅からは新宿副都心が見えるんですが、丁度ニューヨークのブルックリンからマンハッタンを望んだ時と同じ具合だなと気に入ってるんです。昔から美しい自然にぐっときたりしなくて。

佐野　こうなると思わなかった。昔から人から目がはなせなくてぐーっと寄っていく。知らないうちに寄っていく。それもいい人じゃなくて変な人。若い頃は忙しくて、花が咲こうが月が昇ろうが気にならなかった。だけど一緒に朝御飯食べる人もいなくて、周りではどんどん死んでいく人が出てきて、あ、自分も死ぬのすぐだなあ。北軽井沢という場所に住んで、自分も自然で単なる動物だなあ。結構じゃんと思う。

山田　佐野さんのお書きになった文章を読んでいると、自然のことを書いているはずなのに、結局は人の話になっていきますよね。田舎のはずなのに、何でこんなに人が集まってきてるんだろうって。自然の空気をわさわさと掻き分けて人が寄ってくるみたい。

佐野　そう？（笑）やっぱりそれは自分でそうしてるんだね。人間ってどこでも生きていけるけど、一人では生きていけない。それでボーっとしてる時に目にした自然が綺麗だと凄く幸せなの。お墓も北軽の人にもらいました。安心です。同じ別荘地に古道具屋ニコニコ堂さんと、その息子さんの長嶋有君が夏になると来るので遊びます。

山田　私、長嶋有くんが文學界新人賞を受賞した時の選考委員だったんですけど、受賞後にお父さんから「ニコニコ堂通信」というのを送って貰いました。オフセット印刷でほのぼのしてて、何だかすごく面白いの。

佐野　あたし、あのお父さんに会ってると、人ってこうやっても生きていけるんだと思う。古道具屋なんてやる気あるんだか無いんだか判んないんだけど。

山田　お父さんのお書きになった本も買って読んだんですけど、この人は自分の心地良さを選んで生活しているんだなって思った。

佐野　あの人この世でないこの世を生きている。あのフワフワ感羨ましいです。息子さんとも不気味に仲良しなのよ。去年ね、行ったら二人してラーメン食っててさ、「何かして遊ぼ」って言ったら、茶色に変色した巻物みたいなの出してくるの。自分の恋人を探す〝顔〟っていうゲームなんだって。そこには細かい升目が書いてあって、年齢とか顔の形とか爪の形とかが書いてあるの。升目を進んでいくと、恋人の年齢が八十歳で爪の形はこんなでと、自分の恋人像が出てくるわけ。それを自分たちで考えたって言うのよ。

山田　手作りのモンタージュみたいな。

佐野　そうそう。それを二人で真面目にやるわけ。親子で恋人探してんのよ。それは有君が中学時代に作ったんだって。

山田　それは変わってる。だから長嶋くん、ああいうたたずまいなんだ（笑）。

佐野　それずーっとやってんの。そうやって何の役にもたたないことをさ、不気味に親子仲良く真面目にやってる。ああいうのを見ると生きててよかったと思う。

山田　私も日々何の役にもたたないことばかりですね。週に五日は無為に過ごさないと、あとの二日で原稿書けないし。長嶋くんとこみたいなゲームを作るというようなアクションもなく、本当に何もしない。家にいて外眺めてたりとか。何か仕事を頼まれて断ると「お忙しいんですか」と言われるでしょう。「何もしないための時間を作るのに忙しいんです」とふざけた答え方して（笑）。丸一日外に出ないということも苦にならない。

佐野　あたしも皆に「あんた何してんの」って言われる。何にもしてないのでアタフタする。一週間誰にも会わないとか。

山田　私もそう。平気ですね。

佐野　でもあたしは平気でもないのよ。どっか行くんで留守電にしてると、家族持ちとか土日には電話してこないでしょ。そうすると二、三日家空けても一本も電話がかかってきてない。完全に忘れられてる。

山田　私、誰にも会わなくてもいいけど、付き合ってる男の子だけは唯一毎日一回会わないと気がすまないんですよ。だから遠距離恋愛は出来ない。

佐野　男の人がいなかった日は一日もないの？

山田　多分ほとんど無いと思う。必需品ですから。

佐野　乗り換える時はどうするの？

山田　それは乗り換えるんじゃなくてねえ……ちょっと糊しろがあったり（笑）。私は追いかけたり失恋したりとかも無いんですよ。大体男の人と別れるのって、相手が死ぬか、刑務所に入るか、強制送還されるかで、断ち切られる場合が多いから、あまり劇的なものが無いんですよね。毎日付き合っている男の人が訪ねてくるのを待っているのが一番の幸せですね。

佐野　そうすると、二人の間で事が煮詰まったりするわけで、それが持続不能になるから別れるということになるわけじゃない？

山田　持続不能からまた始めます。小説と一緒です（笑）。

佐野　一人の人にずっとというわけではなくて、事情があって次の人とかにいくわけでしょう。その間をどうするのかと思って。

山田　身近な人に活躍してもらって次回にそなえます（笑）。私一人でいるのが好きっていうわけじゃないんですよね。でもたった一人がいればいい。

佐野　そのたった一人をゲットするのって大変じゃん。

山田　そうなんですよ。だから、その間は安い恋に活躍してもらうんですよ。

佐野　あたし、男の人がいなくても全然平気になっちゃった。セイセイする。枯れたなあと。

山田　私もそういう境地になったら楽なのかとも思うんですけど、でもやっぱり二人でいるのが好みなんだと思います。何かするのでも一人より二人が好き。私、一人で生活することが好きなんですけど、後で誰か来る人がいるっていうのが前提の好きなんです。ある意味だらしないというか、毅然としてないんですよね。

佐野　それって習慣じゃん。

山田　習慣だから必需品なんですよ。

佐野　あたし二度離婚したんだけど、最初の時の離婚って四十一、二歳だったかな。その時、目の前が開けたというか、死ぬとこまでさーっと見渡せるみたいな清々しさを感じた。それで二度と男の人と付き合うのやめようと思ったの。そしたらそこにさ、ガソリンの切れた車が止まったら、目の前がガソリンスタンドだったみたいに次のが出てきちゃったのね。それでずるずるときちゃって、もう一度離婚してまた一人になったら、こんなに楽なことは無いと思った。年齢もあるのかもしれないけど、今にもニマニマ笑い出しそうなぐらい嬉しかった。

山田　男の人と一緒だった時に、自分に負担がかかっていたということなんですか？

佐野　そうだと思う。でもいずれにしたって負担はかかるわけで。それで一人になって寂しいでしょう。そうすると寂しいことが嬉しいわけ。寂しいって孤独だってことでしょう。孤独って自由だってことでしょう。でも山田さん、そんな風になる必要はないからね。

山田　一人旅で何か魅惑的なことがあると、これを誰かに伝えたいと思うんですよね。でも誰もいない。そうすると現地調達になっちゃったり（笑）。

佐野　凄い！

山田　友達にも「あんたってだらしないわね」って言われるんですけど、でもこれって私が小説を書くのと似ていて、本当なら誰にも知られなくていいことを、誰かに知って、共感してもらって、一緒に同じ方向を見て欲しいという、そういうささやかで卑しい根性で書いてるのかなと思ったんです。

佐野　あたしね、一人で旅行して美しいところに行って、誰かと一緒に見ていたいとすごく思うじゃない。そう思う、それが好きなの。

山田　隣の隙間というか、空間がいいんですか（笑）。

佐野　そうそう。

山田　その空間、埋めたくならないですか？

佐野　本当は埋めたいんだけど、でも一人で旅行して、寂しいと感じる、その時のヒリヒリした感じが好き。

山田　そのヒリヒリを落ち着かせる、そして、もうじき安心するであろう確信が快感だと思うんですね。昔、バリ島に一か月くらい一人で滞在したことがあったんです。電気もないしお湯も出ないところで、活字中毒なのにその時は何も読む物を持っていかなくて。そうしたらあまりにも孤独で、つい自分で小説を書いちゃった。それが*『カンヴァスの柩』です。旅先で誰かと感動を分かち合いたいと思う気持ち、それって小説でも解消出来るんだと思いました。物理的に男の人がいなくて、読む物がなくて、だったら自分で字を書いて読む物を作ってしまおうと、ランプの灯の下で、メモ用のボールペンで書いて。

佐野　勤勉ね、あなた。

山田　快楽をまっとうすることだけには勤勉なんですよ。物書きの卑しい根性がそこに出るのかな。卑しいところがないと、小説なんて書き続けられなかっただろうとも思うんですけどね。

佐野　あたしも人から見たら卑しいのかも。あたし、日記をつけてるんですね。子供を育てていた時、忙しくて時間がなくて、一瞬絵本のアイディアが浮かんでもすぐに忘れちゃう。それをメモしておくためにと思って始めたんだけど、寝る場所に置いてあるもんだから、胸のとこがムカムカするようなことがあると、人の悪口なんて書いてんだよね、いつの間にか（笑）。

山田　そのメモって、絵本を作る時には使ったりするんですか？

佐野　それが素《もと》です。

山田　そういえば私も昔はメモも取らず、スケジュール帳も持たなくて、頭で覚えられることだけ覚えとこう、忘れることは大したことじゃないんだって思ってたんです。でも最近どんどん忘れちゃうんです。忘れていいことが増えていく。他の人にとってはどうでもいいようなことをしっかり覚えてたりするのに、重要な約束を忘れちゃう。

佐野　それが年なのよ。

山田　やっぱり？

佐野　それがどんどんひどくなるの。でも全部覚えてたらとっても生きられないよ

＊山田詠美著、1987年新潮社刊行の恋愛小説集。

ね、恥ずかしくって。

ミーハーは恥ずかしくない

山田　私、どこかに旅行に行っても、名所旧跡を回るなんてもっての外なんです。ホテルの部屋に籠って、錆びた水道の蛇口を見つめて、その描写からその土地にコンタクトをするという関わり方をするので。

佐野　あたしね、デンマークに行って三日間ホテルの部屋から出ずに、壁紙の模様だけ覚えてきた。

山田　友達と旅行に行くと、苦しい時があるでしょう。精力的に外に出て、何かを得ようとする人だと特に。友達には、どこ行っても部屋にいて、本読んでるだけじゃんと言われたりするんですけど。

佐野　活動的で元気な人と旅行するのって、あたしも困る。もう、空港に着いた時から家に帰りたいんだよね。

山田　私は早くホテルの部屋に入って、ルームサービスで一杯頼みたいって感じですね。

佐野　旅先ではホテルに帰りたくなる。だから旅行する必要なんて全然ないの。

山田　といっても外に出かけるのが全部嫌いというわけではなくて、よく散歩には出かけます。で、私なりの名所旧跡を回るんです。路地裏とか、皆が目に留めないようなしょぼいとこ（笑）。今気になってるのが、近所にある古い日本家屋。売りに出てたんですけど、そこには錆びたポンプ付きの古井戸があって、これじゃ売れないだろうと思って毎回覗いてたら、一昨日それが埋められていた。住所と苗字が書かれた紙が貼ってあったので、家は売れたんだと思いますけど、井戸を塞ぐと良くないと言うから、今後はこの家から目が離せないと（笑）。自分でもささやかだなと思いますけど。

佐野　ああ、同じかも。あたし、病院通いしているんですけど、その道で、物を投げあう音がする家があったんです。ああ、夫婦喧嘩だ、これは面白そうだと思って、次の時も同じところを通ったら庭中に物が散乱しているわけ。毎日喧嘩してるのかと思ったら、実はそこの家にはボケたじいさんがいたんだよね。いやあ、人の一生って大変だなあって思って。

山田　私は自分がいつでもよその家覗いて捕まっちゃった寺山修司になり得ると思ってるの。私も道を歩いてると気になってしょうがないんですよね。

佐野　本当なら家の中、掻き分けて見たいって感じよね。

山田　人とレベルの違うミーハーだと思うの。それが人とあまりに違うからミーハーじゃなく見えているのではないかと。

佐野　いいわね。あたしなんてもろミーハーに見えちゃう。でもミーハーなんて恥ずかしくないと思うの。あたし、韓流ドラマに嵌って、韓国にまで行っちゃったんだ。

山田　「冬ソナ」*ですか？

佐野　だけじゃないけど。「冬ソナ」のロケ地の地主と知り合いだという友達がいて、仕事でそこに行くから一緒に行かないかって言われたのね。それで行く行くって付いて行ったの。あたし若い頃、団体でツアー旅行に出かけてお土産一杯抱えてる、そんな普通のおばさんになりたいって思ってたのね。だけど、韓国の時はツアーのおばさんたちと違うんだからなんて、どっかで思ってんのよ。撮影隊が使ったホテルに泊まったんだけど、その友達が「佐野さん、ヨン様が泊まった部屋に泊まれるよ」って言うの。その時は「ふんふん」なんて格好つけて聞いてて、いざフロントに行ったら「ヨン様の部屋！　ヨン様の部屋！」（笑）。

山田　それは自分でもコントロール出来ないでしょう。

佐野　絶対出来ない（笑）。次の日地元の人に聞いたら、日本全国から二千人の日本人ツアー客が来るって言うの。あなたもそのツアーの方ですか？　なんて訊かれたから思わず「いいえ、違います！」って言ってんのね。本当はおんなじなのにな

あ、自分のことヒキョウ者って思った。

佐野　韓流フリークだったんですか。

山田　そう、もう質なんて問わないんだから。板門店まで行っちゃった。

佐野　極めてますね。でも韓国映画は質が高いと思いますけど、ドラマは玉石混淆じゃないですか。なぜ「冬のソナタ」が？

山田　もうちょっと年取ってみな（笑）。

佐野　そういえば私も、自分はライブとかではクールなタイプだと思っていたんです。ところが前にハワイで、マーカス・ミラーというジャズミュージシャンの野外コンサートに行ったら、前から二番目の席だったんですね。もう我知らず立ち上がって、彼がタオルを投げるふりをしたら「私に頂戴！」って絶叫。夫は「いつもクールなのにどうしたの？」って驚愕して。周りの女の子たちも立ち上がって同じようにやってるんだけど「私はこの子たちとは違う！　あなたの汗がしみこんだタオ

＊「冬のソナタ」　韓流ブームの火付け役ともなったペ・ヨンジュン、チェ・ジウ主演の韓国テレビドラマ。略して「冬ソナ」。

ルは私にこそふさわしい！」って思ってました（笑）。

田舎者のお洒落好き

山田　そういえばこの間、家の不用品を業者の人に頼んで引き取ってもらったんです。土砂降りの日だったんですけど男の子が二人きて、それがウォンビンとチャン・ドンゴンみたいだったんですよ。

佐野　うっそー！「ブラザーフッド」*じゃん！呼んでくれれば良かったのに！

山田　ベランダに使い物にならないベンチプレスがあったんですけど、彼らは雨の中をびしょ濡れになりながらそれを解体していて。一日では終わらず「すみません、僕たち三日後にまた来ますけど、もしクレーンを使うことになったらエクストラ料金ってことで。そうでなければ御代はそのままですから」と言うもんだから、もうどうぞどうぞと。三日後に喜んで待ってたら、全然違うおじさんが来ちゃったんです。あの子たちはどこに行ったの？って（笑）。

佐野　それはどこの会社ですか？

山田　忘れちゃった。でも凄く綺麗な顔してて、一生懸命なんですよ。現金で支払ったんですけど、その子が出した財布がヴィトンだったのね。あ、彼女に買って貰ったんだ、私だったらもっといい物買ってあげるわって下らないライバル心を出してしまって。

佐野　やっぱり汗水たらして体使ってる人が素敵、というのがあるのね。『風味絶佳』もそうだったじゃない。

山田　私は昔からそうですね。お洒落してどこかお洒落なスポットに行くって興味ないんですよ。それより近所の道路工事の脇を通るのが私の花道です。近所をボロボロの格好して歩いて道路工事に出くわすと、その日は避けて通るんですね。それで次には綺麗な服に着替えて通るの。たまに「オウ、姉ちゃん！」と言われるとこの世の花だなと（笑）。友達には「昔から六本木行っても、お洒落な場所じゃなくて裏道でやたら張り切ってたよね」と言われて。お洒落な場所に興味が無いんです。

佐野　そういえば、ある雑誌から「田舎に住んでる人に絵と文章と両方書いてもらいたい」という依頼がきたの。あたしじゃなく代わりにいい人がいるって名前を挙げたら、もっと有名な人がいい、先月は浅井愼平さんでしたって言うのよ。カチンときて「あんた、お洒落な雑誌を作りたいわけだ」と言ったら、そうですって言うの。思わず「あたし、お洒落なこと、ゼーンブ大嫌いなのよね！」と言って電話切

＊カン・ジェギュ監督。チャン・ドンゴン、ウォンビン主演。2004年韓国映画。

っちゃった（笑）。

山田 お洒落って思われてるものほどダサいものは無いですよね。

佐野 あれ、田舎者がやることだよねえ。

山田 佐野さんて、田舎の人は好きだけど、田舎者は嫌いでしょう。私もそうですよ。

佐野 でも田舎者ほどお洒落にしたがるのよね。

山田 私もお洒落な純愛小説とか、お洒落な詩とか絵とか嫌いなんですよ。

佐野 あんなことやって面白いんかね。

山田 お洒落なカフェとか、ダイニングバーも嫌い。だったら普通の居酒屋さんでいいじゃないって思っちゃう。

佐野 お洒落な場所とかに夢中になる人を見ると、何だか痛々しくなっちゃう。自分は何ぼの者でもないけど。

山田 でも、ああいうお洒落をよしとする人たちって、私たちが今言ってるようなことは判らないと思うんですよ。私たちがあれを判らないように。おじさんがおじさんの格好をしているのは凄いお洒落だと思うのに、おじさんがお洒落をしようと意識した時点で、もうお洒落じゃないと思うの。クールビズって何とかしてくれないかな。ネクタイは緩めるから格好いいのであって、最初からしてないのは違うと思うんですよね。

酒と恋愛

山田　佐野さんは普段、お酒は召し上がらないんですか？

佐野　全然。でも周りは酔っ払いばっかり。その中にいるのは苦じゃない。

山田　私の周りも酔っ払いばかりなんですよ。

佐野　あたし、素面《しらふ》でも酔っ払わないと言えないようなことも平気で言えちゃうから、酔うことがどれほどの解放感なのかが判らない。

山田　でも酔わないで恋愛出来ます？

佐野　出来るよ。

山田　私、出来ないんです。

佐野　そんなのインチキじゃん。素面でやるから面白いのに。

山田　だってあんな愚行を……恥ずかしいじゃないですか。付き合って、慣れ親しんだらいいんですけど、付き合い始めはお酒が入ってないと駄目です。だって変な格好とかするし（笑）。でも同じ愚行として、私、小説は一滴でもお酒が入ると書けないんです。音も駄目。「ソウルミュージックとか聞きながら書いていらっしゃるんですか」と訊かれるんですけど、水道の蛇口から水がポタリとたれる音でさえ駄目なんです。同じ恥ずかしいことでも、小説はお酒が一滴でも入ると駄目で、恋愛はお酒が入らないと駄目って、これって何なんですかね。

佐野　習慣じゃん。

山田　ええっ！　習慣なのかなあ。あっさり言われちゃったよ（笑）。

佐野　だって酒飲みじゃない人が恋愛しないかっていうと、そんなことないわけで。

山田　でもお酒抜きで、よくとりかかれるなあ……。じゃあ小説に接するように男と接したらいいのかといえば、そんな辛気臭いこと嫌だあって思うんですよ。まあお酒は必要といっても「ちょっと酔ったみたい」とか使う女は大嫌いなんだけど。男は許しますが（笑）。

佐野　でもあたしね、神経症になった時に酒飲めてたらアル中になってたと思う。お酒飲んだ時に、ひらめいたって思うことあります？

山田　その時は「グッドアイディア！」と思っても、次の日確かめると「クズ！」って思うことばかりです。私の小説はお酒の酔いとは対極にあるものなんで。ただ、小説のことを考えてシビアに落ち込んでる時、お酒は神経を弛緩させるものだから、凄く展望が開けるように感じることがあります。小説書いた後は覚醒されてて、寝ようと思ってもお酒がなければ全然眠れない。お酒を飲まない物書きの人ってどうやって眠るのかなって思うんですけど。

佐野　あたし、睡眠薬がないと眠れない。

山田　そうか。私は薬恐怖症だから。前にホテルで缶詰になっていて、小説があと五枚で終わるという時に、ホテルの人に冷えたシャンパンを、終わるだろうという時間に持ってきて貰ったんですよ。ところが終わらない。目の前にシャンパンがあるのに小説を書かなければ飲めないわけですよ。もう焦ってきちゃって、飲むために書いてるような錯覚に陥って（笑）。

佐野　何だかお酒飲みって良さそうですね。

山田　これから飲みましょうよ。今日はとことん酔っ払う日で。

佐野　とことん飲むとどうなるの？

山田　私なんて目もあてられないです。

佐野　目もあてられない山田さんを見てみたい。

山田　いつもです。行きつけのお店で酔っ払ってベンチで寝てると、いつの間にかお客さんが全部帰っていて、店主だけが渋い顔をしていることがよくあります（笑）。

男=女

——お二人の話を伺っていると、生活することと作ることと、どちらが上ということはないように思えてきます。

山田　勿論、生活するということがないと書けないし、生活だけでも駄目だし、共依存なのかな。私はどっちもないと駄目だと思う。

佐野　でも男って生活してないじゃん。それでも物書きの殆どって男でしょ。だからあんな変な小説ばっかりが出てくるんだね（笑）。

山田　日本の男性の作家は、生活なしでやってきた部分があるとは思います。結局男の人って芸術家を気取ってリベラルぶっても、凄くセクシストなところ、男優位なところがあると思う。男の論理優先度が高いんですよね。生活してるふりして、生活してない男って多いし。

佐野　でも男って可愛いじゃん。

山田　もう！　お姉さんと呼ばせて下さい（笑）。でも男と女って、よそから見て判らないギブアンドテイク、イコールで結ばれてると二人が思っていたらそれでいいと思うの。どっちかが疑問に思い出した時にバランスが崩れていく。家でダラダラしている男の人がいても、こちらがそれを望んでいれば構わない。そこに何か社会的なことを持ち込んだ時、平然としていられるかという問題が起こるわけですけど。

佐野　だけど山田さんだって男の人と同じ、大変な仕事をしているわけじゃない？生活において男の人にサービスしてあげるのって負担じゃない？

山田　欲望でやっているので、負担ではないです。ただ、料理するのも男の人のケアをするのも好きだけど、私のことを見てくれないと嫌なんですね。そこで等式が成り立っているんです。この間『死の棘』を読み返したんです。あれはホラーじゃないかと思う位の関係性ですけど、それでもあの二人の間ではイコールなんですよね。

佐野　そう思う。でもやだよね。

山田　共依存の関係かも。

佐野　凄いよね、物書きって。だって、凄い修羅場で奥さん池の中に飛び込んだりしてる時に、日記付けてるんだもん。本当に凄いと思った。

台風は止められない

佐野　山田さん、毎日楽しい？

山田　今日は楽しいですよ。でも、明日は解りません。

佐野　人生を並《な》べて見ると、自分の人生幸せだったと思う？

山田　そういう風に考えたことはないですね。人と比較しないので、私にはこれしかないし、小説も書くべくして書くようになったと思うし、他のことも出来なかっただろうし。

佐野　ただ生きるだけでもすごく大変なんだなあと思う。あたしは、まあ、よくやったわって思うわね。人って自分に都合よく考えないと生きていけないね。

山田　最近私、禍福はあざなえる縄のごとしって思うんです。しみじみと。おばあちゃんになってきてるのかもしれないけど（笑）。こんなどん底と思うと凄くいいことがあったりして、その繰り返し。その反復の幅が大きいのが、小説を書くという行為に繋がってる気がします。自分自身は静かでも、台風はやってくるし。

佐野　でも本当は自分も台風になりたいんでしょ？

山田　いや、あくまで目ですよ。台風の目（笑）。

（「小説新潮」2005・8）

2005年～2006年　佐野洋子の仕事

2005年　映画「天空の草原のナンサ」パンフレット　コラム
展覧会「佐野洋子 絵本の世界展」神奈川／軽井沢
他、装画など

◆対談　山田詠美

2006年　エッセイ集『覚えていない』マガジンハウス
PR誌「波」 エッセイ連載 （『シズコさん』）
エリック・カール 作
絵本『とうさんは タツノオトシゴ』偕成社　翻訳
展覧会「佐野洋子 絵本の世界展」日本橋三越
展覧会「佐野洋子 絵本原画展」出雲市立平田本陣記念館
他

【癌が大腿骨に転移】
【母シズ死去（享年93）】

2007

気がつけば石井桃子だった

作家・エッセイスト
阿川佐和子

それぞれの石井桃子さんとの出会い

阿川　石井桃子*さん、今年の三月十日で百歳だそうです。生涯現役なんてカッコいいですよね。佐野さんが石井さんをお知りになったのはいつ頃ですか?

佐野　戦後初めて公になった石井さんの本って『ノンちゃん雲に乗る』だったと思う。私が中学一年頃だった。昔って本がたくさん出ていなかったから、ベストセラーになるとコカ・コーラみたいに全国にいき渡っちゃう。その前が波多野勤子《はたのいそこ》さんの、息子さんとの手紙のやりとりを本にした『少年期**』がベストセラーでそれも読んだ。うちは文化的な家庭でもないし母に教養があるわけでもなかったけれど、二冊とも母が買ってきていて、子供たちにちょっとだけ読んでくれたの。

阿川　佐野さんってご兄弟たくさんいらっしゃる中での長女ですよね。大変だったでしょう?　偉いなあ。

佐野　そうよ偉いの。私は美貌のないスカーレット・オハラ、才能のない美空ひばり、母の愛のないおしんだったの(笑)。

阿川　母の愛がなかったんですか。

佐野　うちの母、ちょっと変なの。それで、母さんが『ノンちゃん雲に乗る』を読んでくれた時、小さい弟も妹もゲラゲラ笑ったの。すごく楽しかったのよ。終戦後、大連で失業した父がアルスの日本児童文庫とかを読んでくれていたけれど……。

阿川　アルス！　ありましたねえ。

佐野　アンデルセンとかグリムなんか読んでもらっていたけれど、日本の童話は『ノンちゃん雲に乗る』で初めて知ったと思うの。

阿川　新しい童話ですね。

佐野　でもすごく楽しかったということと、ノンちゃんが雲の上にいるってことしか覚えていないの。お話については覚えてなかったのよ。で、二、三日前に全集で読み返してみたら、私がどういうお話か覚えていなくてもしょうがないと思った。お兄ちゃんとお母さんがいなくなっちゃって、自分だけおいていかれちゃってワアワア泣くところから始まるの。もう自分がノンちゃんにパッとなれた。あんまりすぐ気持ちに入れたからすごく笑った。ノンちゃんは、気づいたら木の上から落っこちて、池に映っていた雲の上に乗っかって、そこにいたおじいさんに自分の日常の

＊（1903年-2008年）児童文学作家・翻訳家。日本児童文学普及に貢献した第一人者。著書に『ノンちゃん雲に乗る』『幼ものがたり』『幻の朱い実』ほか。訳書に『クマのプーさん』『ちいさいおうち』『せいめいのれきし――地球上にせいめいがうまれたときからいままでのおはなし』『ふしぎなたまご』ほか。　＊＊『少年期――母と子の手紙』波多野勤子（著）往復書簡集。光文社（1950年）

話をしてあげる話なの。

阿川　私、読んだ記憶はないんですが、そこらへんのシーンは覚えています。鰐淵晴子さんが主演の映画で観たのかしら。

佐野　そうね、思い出した。映画があった。それでね、そのおじいさんに話す内容もなんていうこともないことなの。今回読んで気づいたんだけれど、石井さん、子供いないのよね？

阿川　ずっと独身でいらしたのかも。力づけられるなあ。

佐野　結婚して別れた人間でも力づけてあげられるわよ（笑）。それにしても子供がいないのにどうしてあんなにリアルに丁寧に書いてあるのか、と思うと、やっぱりすごいなあって、二、三日前に思った。あなたはいかがでした？

「かつら文庫」に通った幼少時代

阿川　私はですね、佐野さんのおうちとは違って、文学的環境にはすこぶる恵まれた家庭に育ったのでございますね（笑）。父は国文科で物書きだし、母も書いてはいないけれど国文科を出てますから。二歳上の兄が私にとって一番のガードマンであり父の脅威から守ってくれる防風林だったんですが、その兄が本当に活字の虫で、なんでも読んじゃう。幼い頃から、これは読んじゃ駄目っていう本まで読む少年だったんです。さて、問題です。そうすると妹は一体どうなるでしょう。

佐野　本が嫌いになります。

阿川　そうです！　小さい頃からお兄ちゃんは「ご飯よ！」と呼ばれても気がつかないくらい集中しちゃっていて、でも私は本を読み始めるとかえって周りの雑音が耳に入ってきてしまって、集中できない。そうすると、時間が守れなかったり忘れ物をしたりすると「お前は本を読まないから駄目なんだ」と叱られ怒鳴られ、本を読まないことが私の駄目さ加減のすべての元凶とされるんです。

佐野　ますます嫌いになる。

阿川　うちは中野区鷺ノ宮というところにある団地に住んでいたんですが、石井さんが一九五八年に荻窪の自宅に「かつら文庫」を開かれたんですよね。うちの両親も石井さんもロックフェラー財団の招きでアメリカに行ったことがあり、縁があったので大人たちが相談して決めたらしく、子供たちがそこに通うようになりました。私はお兄ちゃんにくっついて生きていましたから、団地の子供たちと連れだって、日曜日になるとみんなで二列縦隊でバスに乗って阿佐ケ谷駅まで行って国電で西荻窪に行って、また二列縦隊で「かつら文庫」に行くというのが、幼稚園から小学校二年くらいの習慣でした。後で聞けば、兄が「かつら文庫」の一期生らしいんです。石井先生にとって、兄は自慢の一期生だったと思うんです。でも私は、兄について行くのは楽しいし、文庫で友達と、遊ぶのも嬉しいんですが、シーンとした中で本棚に囲まれて本を読むのはすごくつらくて。それでこっそりガラス戸を開けて庭に出て。覚えているのはサルスベリの木があって、猿がすべるからサルスベリなんだなと思っていたこと。それでウロウロしていると、司書のお姉さんに「佐和子ちゃん、面白い本があるわよー」と呼ばれ、「ハイ」と言って戻っていましたね。反抗的な子ではなかったから、大人の言うことは聞いていたんです。それで従順に本を借りるんですが、一週間たっても読んでいないから返せない。で、もう一週間借りていいですか、ということになる。そんな風だったので、石井桃子さんという人を初めて認識したのは、私にとっては文学者というより実物なんです。図々しいですよねえ。

佐野　どんな印象でした？

阿川　髪をうしろでアップにしてらしたような記憶はありますが、スカートをはいていたのかズボンをはいてらしたのか……。ちょっと声が高くて、色白でポワポワ、ぷっくらしていて。

佐野　そうなの？　細身の人ではないの？

阿川　ぽわんと優しいイメージです。本の翻訳者のところに石井先生の名前があると、誇らしい気持ちでしたね。それに「かつら文庫」で面白いと紹介された本は生涯大事な本になりました。ドリトル先生シリーズの『航海記』*とか『アフリカゆき』*とか。どちらかというと絵に惹《ひ》かれるほうで、チャペックの『長い長いお医者さんの話』**や長新太さんの絵の『山のむこうは青い海だった』***も記憶にあります。石井先生が訳された『クマのプーさん』や、バージニア・リー・バートンの『ちいさいおうち』も大好きでした。ある時「かつら文庫」に行ったら、すごく背の高い、白地に花柄の薄手のワンピースを着てる金髪のおばさんがいて、その人がバージニア・リー・バートンだったんです。

佐野　へえー。

阿川　本を読む図書室の隣に居間があって、その隣にもうひとつ小さな居間があったんですが、その部屋で子供たちが床に並んで座って、バージニアさんが模造紙に絵を描いてくださったんです。私は嬉しくて嬉しくて、『ちいさいおうち』の絵

＊『ドリトル先生航海記』『ドリトル先生アフリカゆき』ヒュー・ロフティング（著）井伏鱒二（訳）冒険児童小説。　＊＊カレル・チャペック（著）ヨセフ・チャペック（イラスト）中野好夫（訳）チェコの文豪カレル・チャペックの童話集。　＊＊＊今江祥智（著）長新太（イラスト）理論社（1960年）

を楽しみにしていたら、『せいめいのれきし』の恐竜の絵を描かれて、正直ガッカリしたんです。あれは古代史のお話だったでしょ。恐竜の絵もちょっぴり学術的で。他にもイベントがありましたね。月に一回誕生日会があって、その時にもうひとつの奥の居間でゲームをしました。メリケン粉を山盛りにして、その上に指輪か何かをのせて、手を使わないで取るというゲーム。

佐野　どうやって取るの？

阿川　口で取るんです。だから顔中メリケン粉だらけ。その顔を見てみんなが笑うんです。面白いゲームをするなあって思いましたね。

気づかずに接していた石井作品

佐野　で、佐和子さんはいつ本好きになったの？

阿川　そのまま今に至っているんです。子供の図書室でバイトしたり、インタビューをしたり原稿を書いたりする仕事をしているのは、きっと神様が、お前は放っておいたら本も読まずにゴロゴロしているから、本と近いところで生きなさい、とおっしゃっているんだと思っているんです。

佐野　偉いねえ、神様は。

阿川　今でも対談の資料を読み切れずに朝を迎えて間に合わない！　って焦る。駄目な人間なんです。夢も見ますよ。お前が書いているものは深みがない、それは本を読んでいないせいだって誰かに叱られてる夢。泣きながら目が覚めます。

佐野　ウソでしょ？

阿川　ホントです。

佐野　私はあなたとは反対で、ものすごく本が好きでどんどん読んでいたけど、石井桃子さんというのは特別意識になかったわけ。二、三日前まで。

阿川　まあ、二、三日前まで！

佐野　でも気がついたら、え、これも石井さんが訳したの？　えっこれも？　好きなもの全部読んでいる。子供が小さい時に買ってやったものの中にも、石井さんの本がたくさんあった。

阿川　そうなんですよ！　私も、ブルーナのうさこちゃんシリーズは石井さんの訳だって認識してなかったかも。

佐野　『ちいさいおうち』も石井さんの訳だと知らないで自分も読んで、子供にも読ませて……。ピーター・ラビットの絵本シリーズもそうでしょう？　気づいたらずいぶん読んでいるの。それと、岩波少年文庫の企画編集に携わっているでしょう。

あなた何年生まれ？

阿川　一九五三年です。

佐野　そうすると、うちの下の妹が、あなたより少し上なのね。岩波少年文庫を妹に買ってあげていたんだけれど、その中にも石井さんの翻訳本があって。知らない間、ずーっとそうだった。『幼ものがたり』も刊行された時に読んでいるのよ。石井さんが八十年くらいお仕事をされてきた中に、自分の人生がすっぽり入っているの。それは石井さんが持続してやってこられたからで、すごいなあって思う。

阿川　二、三日前まで知らずに、身体の中には浸透していたわけですね。

居ずまいの正しさにショック！

佐野　それでね、全集を読み直したら、びっくりしてもう死にたくなった。

阿川　死にたくなった？

佐野　例えば『幻の朱い実』は読売文学賞を受賞した大人向けの小説で、たぶん自分のことがベースになっていると思うんだけれど、主人公がものすごく居ずまいの正しい人なのね。ものすごく真面目で、ものすごく優しいの。それでものすごくでしゃばらないし、ものすごく、すごく勉強家なのよ！

阿川　えー私が読んだら、死んじゃうかもしれないー！

佐野　内容も、大きな事件があるわけじゃないけれど心理的にドラマティックなの。やっぱりすごい才能の人だな、すごい感受性の人だなって思う。そしてエッセイを読むとね、「私は観光旅行をしたことがない」って。世界中いろんなところに行っているけれど、全部児童文学のための旅行なの。私は観光旅行しかしたことがないよ！　とにかく時間を無駄に過ごさない。きっと、うちでゴロゴロ寝たりしない人なのよ。もう、死にたくなっちゃった。

阿川　ゴロゴロしてらしたかもしれないじゃないですか（笑）。

佐野　あの忙しさはしていないわね。昼寝をすることも自分に許さない背筋ののび方がある。

阿川　同世代だったらお友達になっていました？　自分にないものを持っている人が友達になるものでしょう。

佐野　気が合えばすごく合うかも。『幻の朱い実』に出てくる、蕗子さんっていう、主人公の亡くなったお友達は言いたいことを言う奔放な人なの。私何でも言うし行儀が悪いというところは共通している。

阿川　石井さんが安心するのはそういう人なんですよ、きっと。

佐野　いえ、なおさらこっちのコンプレックスが大きくなっちゃって、もしかして同級生だったらいじめちゃうかもしれない（笑）。書かれたものでしか分からないけれど、庭に出ると生えている草から木の実からすべてにゆっくり丁寧に目がいく人なの。そして、こんなに立派な人がいるのかって思わせておきながら、書いているものがすごく柔らかいの。

阿川　そうなんです、文章が！

佐野　だから死にたくなったの。

阿川　私は「かつら文庫」で劣等生だったのに、司書のお姉さんたちのボスである石井さんに対して怖いと思ったことがないんです。桃子って名前が、ふわっとした優しいイメージだし。

佐野　そうそう。エッセイとか読んで、偉いなあ、すごいなあと思った後で表紙の「桃子」って名前を見ると、あーよかったーって思う（笑）。

阿川　柔らかい名前でほっとさせるという。

佐野　石井さん、桃子って名前でよかったなと思う。

阿川　名は体を表しますからね。私は「佐和子騒ぐ子」と言われていました（笑）。でね、佐野さんが死にたくなっている頃に、私はお布団に入って寝ていました。

少ない言葉で広がる世界

佐野　ふて寝？

阿川　ふて寝というより悲しい寝。なぜかというと、私には八歳と十九歳、年が離れている弟がいて、よく読み聞かせをしていたんです。うさこちゃんの本を聞かせると、弟が暗記するんです。次のページをひらく前に「ふわふわさんにふわおくさん……」と、先を唱える。シリーズに『ふしぎなたまご』というのがあって、誰のものか分からない卵をめんどりやおんどりやいぬやねこが自分のだと言う話があるんです。「いや　それはちがう。わたしのだ。」という台詞を自分の生活の中に応用していましたね。「いや、それは違う。～だ」とかって。

佐野　リズムがよくて子供の好きな言葉や繰り返しを知っていてすごい。

阿川　自分が文章を書くようになってからこうした絵本を読み返してみると、なぜこれだけ短い文章の中に、説明しなければいけないことを入れ込みながら、こんなにも登場人物を活き活きとさせることができるのか、と思わずにいられません。訳を日本語として活き活きさせるのって大変だと思うんです。「ふわおくさんの　かいものは　さやえんどうに　おいしいなし。　えんどうは　おくさんが　たべるた

めなしは　ふわふわさんに　あげるため。」。リズムがきちんとできていて生活感がある。大した事件も起こらない中で、どうしたら説教臭くならずに、読み手の心を惹きつけられるのか。最近のベストセラーを見ると、とてつもない人生体験を書かないと読者の心を摑《つか》めないのかと思う。だから自分が文章を書く時は、なんでもないことに大事なことをちりばめたいと思っているんだけれど、才能がなくてどうしても書ききれない。でも石井さんはずっとこれで通していらしたんだと思うと……布団に入りたくなるんです。

佐野　うちの中でお母さんに「ご飯よ」と呼ばれてテーブルにつくまでのことをいやらしくなく退屈でなく書くのよ。事件なんてないのに見えないところにたくさん気持ちが動いているのがすごくよく分かる。あの感受性のアンテナってすごいと思うの。例えば同じように道を歩いていたとしても、石井さんは違うものを体験している。細かい雨とバケツをひっくり返した土砂降りの違いも、風の吹き方のちょっとした違いも丁寧に体験しているし、それを表現する才能も持っている。それで、とても上品で。

阿川　言葉のひとつひとつが普通じゃない。悲しい、優しいといった言葉を使わずに、悲しさや優しさを伝えていらっしゃる。それに、あざとくないし。

佐野　そうそう。あざといところなんてひとつもないの。

阿川　そんな品格もありながら、ちょっとしたユーモアを文章のはしばしにつけるんですよね。時には呼びかけもあるんです。「〜ね？　〜でしょ？」って。会話調の「ね？」がはいっているなんて、これはたまんないなって。優等生でない子供の面白さみたいなものを加えている。わりとふざけたことやおかしなこともお好きなのではないでしょうか。

佐野　真面目なことが世の中で一番おかしいと知っている人だと思うの。一生懸命になればなるほどおかしいってよく知っている。

阿川　ああ〜。すごいなあ。

佐野　私たちダブル布団で寝ます？

阿川　……添い寝します（笑）。私、今、子供向けの物語を連載しているんです。主人公は八歳ぐらいの女の子で、現実的ではないほうが世界が広がるからと、アヒルと喋《しゃべ》ったり水の中歩いたりしているんです。自分の中では、なんでもないことを描くことができればいいと思いながらも、いろいろ作ってしまっている。石井先生の訳されたプーさんなんかは、コブタくんに会いに行く途中で歌を思いついて、それをやっと会えたコブタくんに聞かせて、絶対褒められると思っていたら、たいした反応が返ってこなかった。……そんなことで三、四ページも続く。これがなぜにこんなに魅力的なのか。『ちいさいおうち』は大人になって読み返すと、何が魅力的かというと、たぶん繰り返しなんですよね。朝になりました、夜になりました、春になりました、秋になりました、冬になりました……。大きな事件も何もない。でもこのちいさなおうちの池で泳ぎたいなと思ったり、りんごの木でブランコを作って遊ぶことに憧れたり、ヒナギクの咲き誇っているこの庭で遊びたいと思ったり……。あらゆることが魅力的なんです。あのたかだか短い文章の、なんでもない日常が生涯記憶に残るのって、なんだろうと思って。石井さんの選ぶ翻訳本は違うんです。……布団に入りたくなります。

児童文学のオールマイティー

佐野　最近は童話を書いている人は書き手で、研究している人は研究者で、読書活動をしている人はボランティアっていう風に分かれてきているのに、全部一人でやっていたわけでしょ。編集までやっていて。

阿川　岩波少年文庫もスタートさせているんだからビックリ。

佐野　あんなことやる人、これからもういないよね。

阿川　昔はあらゆるジャンルを一人でやってらっしゃる方は多かったんでしょうか。

佐野　石井さんが特殊だというわけじゃなかったかもしれないけれど。石井さんは明治生まれでしょ。明治っていう時代の教養とか躾とかをずっと持っている人だからかしら。昭和の初めに生まれた人がやっても、ああはならない気がするのよね。

阿川　私たちの世代の優秀な人にも、ああいう人はいないと思う。

佐野　なんなんでしょう。

阿川　時代だと思うんだけれども。今百歳の世代が大学に行くことの意味と果たした役割というのは、私たちの世代が大学に行くことと違うと思う。

佐野　それに家庭文学もやっていらして。自分の家に子供を呼んで本を読ませるって、面倒なことですよね。翻訳や研究までしているのに。でもちらっと資料を読んだところでは、訳してみて文庫に来る子供たちに読んで聞かせて反応を見て、こっちにしたほうがいい、って直したりしていらしたそうですね。全然知らなかったんですけれど。……私は読み聞かせてもらったのかな、庭にいたのかな。

阿川　ああ、子供いないのにどうしてこんな子供の気持ちが分かるのかなって思っていたけれど、そうなんだ。

佐野　「かつら文庫」は石井さんにとっては、大事な実験室だったのかもしれませんね。

佐野　ほら、無駄な時間がないでしょう？

阿川　そうですよね、ちゃんとリサーチしているわけですよね。布団に入るどころか、死にたくなってきた。でももっと死にたくなるのは、そんなに貴重な人とこんなに接していたのに、私は何を糧《かて》として得たのだろうかということ。

佐野　こんなに居ずまいの正しい人だけど、子供から見て怖くはなかったのね。

阿川　駄目な子だったので、つねに怒られるかもしれない、とは思っていましたが、怖くはなかったですね。子供が本当に好きな方だったんですよ。子供って優しい人かどうかに対して敏感でしょ。石井さんに対して、子供心に怖いと思ったことは一度も、なかったですね。後ろめたいけれど許してくれそうな感じがあったし、司書の方々も、ボスの石井さんにならって優しい人たちばかりでした。松岡享子さんも、石井桃子さんの近くにいらして同じ優しさをお持ちですよね。

佐野　石井さんと一緒に「東京子ども図書館」を始めた方。

読後の時間こそが大切

阿川　こういう仕事を始めてから、といっても二十年くらい前ですが、松岡さんにお会いしたんです。慶応大学出身者でご活躍の方へのインタビューという仕事で。「私自身が本を読まない駄目な子でしたが、活字離れが言われている今、子供の本の読み方は昔と比べて変わりましたか?」と伺ったら「それは変わりましたね」って。読まなくなったのかと聞くと、そういうことは問題じゃないんですって。「一日に三十分でも本に接する時間があればそれで十分だと私は思っている。ただ本を読んだ後の時間がなくなっているのが問題だ」って。本を読んだ後、昔の子供はスケジュールなんて入っていなかったから何もしない時間があって、今閉じた本に何が書いてあったのかボーッと考える時間があった。それが今の子供は、次はピアノの練習、次は塾、次は宿題……と、やることがいっぱいあって、そこでぷっつり切られてしまう。『100万回生きたねこ』を読んだ後に、あーうちは猫を飼っていないな、とか、こないだ野良猫見たな、とか、しましまだったな、とかいろんなことを考える。サンタクロースの話を読んで、そこから派生したことをぐじゃぐじゃ考える。そういうことで、引き出しが一個できる。後にサンタはいないと分かったとしても生涯その引き出しは残るんです。それが今の子供にはない。本を読むというのは、情報や知識を得るだけでなく、ぐじゅぐじゅの妄想が子供の中で広がっていくことであり、それこそが大事だとおっしゃって、私は感動しちゃって。それでテレビの仕事を辞めたんです。「NEWS23」の頃でした。日替わり弁当のように情報をパッパッと出していく毎日だったので、ボーッとするためにアメリカに行くことにしたんです。もう、松岡さんの一言で目が覚めたんです。石井さんもそういうことを教えていらしたんだろうなって思うんです。

佐野　たぶん同じことだと思うんだけれど、私、小さい頃にやたら、てくてく歩いていたと思うのよ。学校行くのも、友達の家に行くのも、歩かないと行けないし。てくてく一人で歩いている時に、頭の中でぐちゃぐちゃ考えたり、背が小さかったから草いきれがむうっとしていた。そう思うと今の子供は歩くことないのね。

阿川　私も歩く子供だったんです。大人になってから住んだ家の近所に東洋英和女学院の幼稚園があって、十九歳下の弟を入れたんですけれど、入園条件に「歩いて通える距離であること」とあったんです。その理由というのが、幼稚園児くらいの子供にとって、行き帰りがどれほど大切な時間か、それを大人の勝手で奪ってはいけない、ということで。すごく大事！　と思いました。石井さんの家にぐだぐだ歩いて行ったり、兄が他の女の子をかまっている間かたつむりを見つめていたり、石は生きていると言われて動かないかなとずーっと見つめたり、点の多いてんとう虫は悪い奴だとか言ったり……。それらは全部幼稚園くらいの頃のことで、その記憶はすごく鮮明です。

佐野　子供の頃のそういう時間って、孤独ってことをものすごくよく感じられたと思う。

阿川　そんな深遠なこと考えていませんでした！

佐野　今思えば、よ。大人の孤独と子供の孤独は違うし、子供は子供であることが孤独であることなんだと思った。子供の孤独さを知らないで大人になるのはもったいない。

阿川　今、昭和ノスタルジーが流行っていて、あの頃に戻そうという人たちがいますが、私はそれは嫌なんです。これだけ便利にしたのは私たち大人だろうと思うから。でも私個人のノスタルジーはとても大切なの。今の子供たちがそれを取り返そうとしても、携帯やパソコンがあるし、治安の問題もあるから無理ですもん。時間の流れが違う。周辺を取り囲むすべてのスピードが違う。孤独とか、怖いとか、やっと手に入るとか、やっと分かるとか……そういうことを自分の身体で理解する時間を、今の子はたっぷり与えられていないんだなって思うんですよね。しかたないけど。

佐野　石井さんのような人がそれ以降出てこないのは時代のせいだって言ったけれ

ど、こうしてボーッとする時間がなくなったと考えると、これから先ますますどうしたらいいか分からなくなっちゃうね。

構成・瀧井朝世

（「小説トリッパー」2007 春季号）

2007年　佐野洋子の仕事

2007年　岸田今日子 作　絵本『パンツのはきかた』福音館書店　絵
展覧会「『ねえとうさん』リトグラフ展」 東京
他

◆対談　阿川佐和子
◆対談　おすぎ

2007

古典を読む

映画評論家

おすぎ II

「冬ソナ」、「ロッキー」と隆慶一郎

おすぎ　あなたは大体古典っていうと、『古事記』*とか『日本書紀』**でしょ？

佐野　もちろん。

おすぎ　あたしは「そういうのじゃないのにしてください」って言われたわ。「古典だとあなたが思うものなら何でもいいです」って話になったわけよ。洋子の古典は『100万回生きたねこ』？

佐野　あたし嫌だわ、自分がもう古典になってしまうなんて（笑）。

おすぎ　もうすぐなるわよ（笑）。

佐野　じゃあ、『古事記』からいきますか。

おすぎ　洋子は洋子でハイレベルな話をしたいっていうわけね。だけどあたしはハイがないから「じゃあどうしようか」って話になって、一応何冊か出したわけよ。有吉佐和子の『香華』***っていうのをあたしが出したら洋子がね、「有吉佐和子って古典なのっ？」とか言ったんだけど、でも、どこにも本が売ってないの、もう絶版。で、隆慶一郎****っていう柴田錬三郎賞を取った作家がとてもあたしは好きで、「その人の本でもいいですか」って、『捨て童子　松平忠輝』っていう本を出したの。それもない。『影武者　徳川家康』もない。あるのは『一夢庵風流記』で、それは用意してありますって。だからいっそそんな古典ならば、じゃあ『野菊の墓』****にしたらって。『野菊の墓』は、以前岩波文庫に「エッセイ書いてください」って言われて書いたことがあったの。さすがに『野菊の墓』は福岡の書店にあったから、その話をしようかなと思って用意はしてきているの。純愛って、今、流行ってるでしょ？

佐野　どこで？

おすぎ　テレビと映画の世界で、よ。流行ってるの。

佐野　あっ、そう？

おすぎ　知らないの？　あんた純愛したことないんでしょ。

佐野　あんたなんてもっとないでしょ！

おすぎ　あるわよあんた、おかまは一途だもの。

＊現存する日本最古の歴史書。　＊＊720年に勅修された日本の歴史書、正史。　＊＊＊有吉佐和子著、長篇小説（1962年）　＊＊＊＊（1923年-1989年）本名　池田一朗。本名で脚本、隆慶一郎で小説を執筆。脚本家としての代表作は映画『にあんちゃん』。晩年の作家活動期は約5年間で、時代小説を中心に執筆。『吉原御免状』『捨て童子　松平忠輝』『影武者　徳川家康』『一夢庵風流記』ほか。　＊＊＊＊＊伊藤左千夫（著）純粋な恋を描いた物語。

佐野　あ、純愛ものは韓国映画観たよ、韓流。それでもうおなかいっぱいになっちゃって、もう純愛はいい（笑）。

おすぎ　何がよかったの？　その観てたときには。

佐野　韓流？　あたしあれにね、もう財産注ぎ込んじゃったものだから、悪く言うことはできないのね。

おすぎ　悪くなんて言わなくていいわよ。どういう純愛を観てきたわけ？「冬ソナ」でしょ、どうせ。

佐野　「冬ソナ」を最初に観たのよ。

おすぎ　よかったの？

佐野　……三回ぐらい観ちゃった。

おすぎ　何で？

佐野　要するに日本は、世界中そうだと思うんだけど、どんどんスピードアップしているわけよ。それで今アナウンサーの言葉も速くなっているんだって。もうすべてのものが速くなっていて、テレビドラマも今までは一年でやってたのが半年で……。

おすぎ　そうよ、短いのは三か月。

佐野　それぐらいみんなが飽きっぽくなっているっていうわけよ。でもね、「冬ソナ」とか韓国のドラマって、二十時間とかすごく長いのがあるわけよ。テレビドラマをすごく丁寧にやるわけ。それで今日本で失っちゃったものが懐かしく出てくるわけよ。話そのものはあり得ない馬鹿げた話なわけよ。

それでね、あたしはドラマを観続けてて韓国は永遠に日本を許してくれないっていうのがわかったね。恋人が抱き合ってたりしてるのを片思いの方が二回も見てて、「これはダメだから帰るか」って帰るんだけど、もう何年見てても諦めないの。そのプロットっていうのが、どれもほとんど同じなのよ。それで必ず受難になるわけ、病気、交通事故、白内障、目が見えなくなる……。もう全部そうなの。そうなっても、観てしまうっていうのは何だと思う? それはやっぱり謎。

おすぎ　あんたがそこまで分析して、なおかつ三回観ちゃうわけは何?

佐野　後を引くっていうのかしら（笑）。なぜかっていうと、気持ちは切っちゃいけないわけ。人間の気持ちは自然に忘れたものは忘れてもいいけれども、そのいろんな気持ちをさっさと処理しちゃいけないわけよ。私、人間関係っていうのが一番そうだと思うわけ。だけど今はもう薄くなっているから、きっとどこか欲求不満になっているんだと思う。特におばさんたちはね。夫からもう愛されない、時間はある、ちょっと金があるっておばさんたちがいっぱいいるわけよ。そういう人の欲求不満をほかの国の若い男が慰めてくれるっていうの、あなた日本人としてどう思う？

おすぎ　あたし大体、ぺが好きな人って馬鹿だと思ってるからさ。

佐野　ぺだけじゃないのよ、いろんな人がいるのよ。

おすぎ　もちろんチョン・ウソンみたいに素敵な人もいるよ。

佐野　いるわよ、チャン・ドンゴンなんて素敵よ。

おすぎ　そうよ、素敵よ、本人知ってるから。あたし本人知ってるの、わかる？

佐野　悔しい！

おすぎ　悔しい（笑）。

佐野　それから、ものすごくうまい俳優もたくさんいるじゃない。アン・ソンギとか。

おすぎ　うん、うまい。

佐野　要するにあなたはドラマは馬鹿にしてるけれども、韓国の映画は馬鹿にしてないでしょ。

おすぎ　馬鹿にしてないよ、馬鹿にしてるやつもあるけど。

佐野　で、あれがあたしたちの心の何を打つかというと、やっぱり気持ちの強さだと思うのよ。

おすぎ　あ、そうなの？

佐野　そうなの。じゃあなた、韓国の映画では何がよかった？

おすぎ　「風の丘を越えて」*とか、やっぱそういう昔の韓国映画という頃がよくて、韓流っていうのは嫌いだよね。

佐野　韓流っていうのじゃなくて、たとえば「シルミド」**とか。

おすぎ　あまりよくなかったな。

佐野　それから「ブラザーフッド」とか。

おすぎ　あ、そうね、わりに好き。

佐野　それから「悪い男」***とかさ。

おすぎ　あれは嫌い。よく観てるのねえ。

佐野　あたしね、観出すと全部観るの。

おすぎ　あたし、「私の頭の中の消しゴム」****っていうのはとってもよかったのよ。

*イム・グォンテク監督。旅芸人親子の半生を描いた物語。1993年韓国映画。　**カン・ウソク監督。2003年韓国映画。　***キム・ギドク監督、チョ・ジェヒョン主演の恋愛映画。2001年韓国映画。
****イ・ジェハン監督。2004年韓国映画。

佐野　あんなのが？
おすぎ　だからあんたにはわからないのよ、それは。
佐野　だから観ないものを馬鹿にしちゃいけません、ってあたしは思うの。あたしだって最初は馬鹿にしてたもん。だけど……。
おすぎ　要はあんた、年取ったのよ。
佐野　大して年は違わないでしょ！
おすぎ　大体さ、あたしだってスクリーンの中の人に恋することはあるけど、でもスクリーンの中の恋って悲しいものじゃない？　まぼろしを愛してるみたいなものでしょ。
佐野　そんなの初めからわかってるじゃん。
おすぎ　そうよ。だけどさ、それにすがりつくから三度も観るわけでしょ。
佐野　だって続いてたらその次どうなるかって気になるでしょう。
おすぎ　ならないわよ。「下らない！」とか「ゴミ！」とか思うもん（笑）。
佐野　そう思いながら観てるのが大好きだったの。
おすぎ　あんたってマゾ？
佐野　そういうところはあるね。でもやっぱり、観ないで馬鹿にするけれども、あたしは馬鹿にしたものをまず体験してごらんなさいって思うの。それから言ってほしいのよ。
おすぎ　洋子がこんなふうになるとは思わなかった。だからそこはあたしにとっても不思議なわけよ。DVDを買ってね、きっと眠れない夜に観るわけよ。それもズルズル観てると思うの。でね、観ながら「あいっ！」とか、「あっ！」だとか言ってね。雪が降っている並木道を男と女がね。チェ・ジウっていうのは、もうすっごい嫌な女でさ。
佐野　あれは嫌な女だね。
おすぎ　本人がすごい嫌な女なのよ。あたしとタモリさんがテレビでけなすの。この二人は平気でけなせるのよ。無視されたのあなた、無視よっ！
佐野　あれはね、ドラマの中でも嫌な女なの。だからどれくらい嫌か観て言いなさいって。それで私も……。
おすぎ　本人知ってるのに、いちいちギャーギャー観たくないわよ。
佐野　本人と役は違うでしょ。
おすぎ　似てるわよ。
佐野　そう？

おすぎ　それでいいんだけど、佐野洋子っていう人は、そういうものを観ながら自分を成長させようとするでしょう。
佐野　そんなものばかり観てるわけじゃないわよ、あたしだって。
おすぎ　だけど聞いてたところ、ずっとそれやってなかった？
佐野　一年はやってた。
おすぎ　やったでしょ。結局それなのよ、昔自分たちがあったであろうことを、もう一回確かめてたわけね。
佐野　そんなことない。たとえば戦争映画観て、戦争に行きたかったとかそういうふうには思わないわけでしょう。
おすぎ　まあね。
佐野　それと同じで、別に自分が同化しようと思って映画観てるわけじゃないじゃん。
おすぎ　でも同化することはあるよ。
佐野　あんたはね。
おすぎ　あるわよ。あんた「ロッキー」って映画観たことある？
佐野　あるよ。

おすぎ　一番最初の観た？　今から三十年前の。
佐野　うん。
おすぎ　嫌いでしょ？
佐野　嫌いじゃない。
おすぎ　嫌いじゃない？　今度ね、最後の六作目*っていうのを作ったのよ、六十になったスタローンが。で試写状が来て思ったわよ、「今さらこんなもの」って。でも観たのよ、泣いたわよ（笑）。
佐野　あの人さ、ほらすっごい馬鹿みたいな顔してるじゃん。それでその下がモリモリで、何か気持ち悪いような顔と体じゃん。
おすぎ　うん。
佐野　それなのにあの人、「ロッキー」の脚本書いてる人なのね。
おすぎ　そうよ、今度はディレクターもやってるの。
佐野　あたしそういうの、ちょっと弱いのね（笑）。
おすぎ　アンバランスな感じが。

＊2006年公開の「ロッキー」シリーズ六作目にあたる完結編「ロッキー・ザ・ファイナル」のこと。シルヴェスター・スタローンが監督・脚本・主演を務めた。第一作の「ロッキー」は1976年アメリカ映画。

佐野　だから「ロッキー」は最初からすごく好きよ。

おすぎ　それでさ、最初あたしは今から三十年前に、まだ駆け出しで「ミュージック・ライフ」っていう雑誌に一ページだけ書いていた頃、ユナイテッドの試写室で床に座って観たのよ。で、フィラデルフィアの図書館の前の階段を上がってさ、回って回ってこんなことやるじゃない、あのシーンなんか観て、もう泣いたのよ。これはもう熱い思い出しかないの。そのあとは、ダラダラつまんない「ロッキー」が続いたじゃない、五作目ぐらいまでね。

で、もう今度またやるっていうから本当に馬鹿にしてたら、今度はね、一作目に返っているのよ。でね、六十一になって自分はこんなことをしたって。またエイドリアンってブスな女、あれが一作目のときをそのままオプチカルで戻してて、回想シーンっていうよりか、いわばオマージュが入ってきているんだけど、映画が始まると「ここで出会った」って言うと、そこにエイドリアンが立ってるの。それからスケート場に行くじゃない？　するとスケート場のシーンが出てきたの。もう今はないのよ、そのスケート場は。で、息子がいるのよ。とにかくお父さんがフィラデルフィアですごい有名じゃない？　エイドリアンっていうレストランをやってるのよ。六十過ぎてから「もう一回やりたい」って言って、ライセンスを取りに行くの。

ボクシング協会は出そうとしないんだけど、そこで演説ぶって出させるわけよ。出させたら面白いから、フィラデルフィアで一番有名な男だから、今のチャンピオンとCGでテレビで対決させるのよ。そうするとCGでやってるうちに勝っちゃうの。勝っちゃったために、今のプロモーターたちがやらせたら面白いんじゃないかっていうので、ラスベガスでエキシビションをやることになるのよ。で、それを息子が聞いてお父さんに食ってかかるわけ。「ずっと馬鹿にされてた。就職するのだって、あなたのために僕は就職できたんだ。でも本当に馬鹿にされてた、だからやめてくれ」って。そのときに、そのロッキーが息子に言うのよ。泣いちゃうの、もういいセリフで。

佐野　言ってみ。

おすぎ　映画観て！　ここが映画評論家のうまさで、ここで言ったら誰も観ないじゃない。

佐野　みんな欲求不満になってる。

おすぎ　あのね、欲求不満にさせたときに、ヒマとお金がある女たちは観るのよ（笑）。で、やっぱり結局基本は純愛なのよ。エイドリアンのお墓に行き、「自分はこれでいいのか」って模索しながら、息子にもその生きるってことを話すところで隆慶一郎に結びつくの。……ちょっとね、勉強してきたの。隆慶一郎は池田一朗っていうシナリオライターだったの、「にあんちゃん」っていう日活映画の。あれ書いた人だったのが六十過ぎて時代小説を書き始めたのよ。

佐野 あ、そうなんだ。

おすぎ それで書いたのが『吉原御免状』っていう本だったのね。あたしは最初、これが「週刊新潮」の連載で、「どうせ連載小説なんてくそ面白くもない」って思っていて読めなかったの。でもある時『捨て童子 松平忠輝』っていうのを読んで、あまりの面白さに、それから『影武者 徳川家康』をどんどん引き込まれて読んだわけね。で、今は出てないんですよ。ついこの間亡くなった人よ。その人の本がもうないの。まして『一夢庵風流記』っていう本は柴田錬三郎賞を取っているんですよ。その人の本がないっていうことが本当に不思議だと思うの。この国変わっちゃったのよね。『世界の中心で、愛をさけぶ』*とかくだらないゴミみたいなのとか、そういうのに。

隆慶一郎っていう人は、自分がこうでありたかった男の人をどこかに反映している作家なわけね。『吉原御免状』で松永誠一郎っていう主人公が出てくるんだけど、これは後水尾帝の隠し子なのよ。だけど道々の輩《ともがら》っていう、日本でいうと山窩《さんか》とか旅芸人とか、ああいうようないわば差別されていた人たちの自由な市場の中にいた中で、吉原っていうのはそういう人たちだけが集まって、とにかく江戸の中に自由の市を作る、縁を切るために入ってくるような……。

佐野　ゲットーなわけ？

おすぎ　そうそう。だからゲットーっていうか、一番いい言い方をすれば、無縁っていうこと。だからそこの地域に入って来たら、親もきょうだいも全部捨てて縁のない者になっていく。自由っていうことの裏返しは何かって言うと、食っていかなきゃいけないっていう残酷さがあるわけ。あたしはだから友情だとか何だとかっていうのがとても必要だと思うのは、そういうふうに自由と思いながらも、誰かとかかわり合ってくることは制約がたくさんできてくることなの。その制約の中を生き抜いてこそ得られるものは多い。でも、自由っていうのは聞こえはとてもいいけれど、本当言うと、明日は死ぬかもしれないっていう食べるものもない状況で、江戸時代はどうしたってそういう人間がいたら困るわけじゃない？　統治する人間たちにとってみれば。そういう中で吉原っていうところをよしとした人がいるわけよ。だから隆慶一郎が描いたのは、徳川家康っていうのは影武者がいてね、その影武者

＊片山恭一著、2001年刊行の大ベストセラー恋愛小説（小学館刊）。

がいわゆる道々の輩の一員だったわけよ。だから吉原に御免状を出しちゃうわけ、何者もこの土地を侵してはいけないって。その代わり、そこに入って来る武士は馬も捨て駕籠も捨て、素のまんまで供もいないで入って来る。治外法権みたいな形にしたっていうのを秀忠が許さないわけよ。吉原をつぶそうとしたのは秀忠だとか家光だとかそういう人で、それがなぜだったかっていうことを、隆慶一郎が想像して作り上げた小説なの。

で、その中に高尾太夫っていう太夫がいるわけ。主人公の松永は宮本武蔵の弟子で、武蔵が死んだので江戸の町に出て来て、庄司甚右衛門っていう者に会いに行けって言われてて、それで吉原に来ると庄司甚右衛門はいなくて、その息子がいるわけよ。それが忘八やってるの。そこの店に世話になっていくうちに、高尾太夫と知り合う。一介の野武士じゃない、後水尾天皇の隠し子なんてみんな知らない中で彼女と会うんだけど、彼女は一目で惚れちゃうわけ。で、そこの幡随院長兵衛の話に水野って旗本が出てくる。彼も傾《かぶ》き者《もの》なわけ。歌舞伎っていうのは傾いていくっていうような、いわゆる滅びの美学を持ってる。それで人生をどう生きているかっていうのを廓の屋根の上に登って二人で話すのよ。

高尾太夫は普通ならそんなことされたらさっと帰っちゃうのに帰らないで待って

いるのよ。そこに庄司甚右衛門が、死んだはずなのに、幻斎っていう形ででてきて、高尾太夫に謝るの。その位が高い、でもたかだか遊女よ。だけどそういうふうに武士でも触れるのが難しい位の者を我慢させてしまったあの男がどんな男かを話して、それを許してくれって年寄りが頼むわけよ。「みんな男というものは若かったときにはこういうものなんだ」っていう話をするんだけど、それがちょうどロッキーが息子に向かって言うこととバチーッと合っちゃうわけよ。

あたしは運命に導かれて「ロッキー」を観たその夜に、その隆慶一郎を、今日ここで話すために読んだっていうのがリンクしちゃうのよ。だから隆さんの本は面白くて、吉原っていう街がどういう街か話したり、廓言葉っていうのがどういうものであるかって文献で全部調べているの。だからストーリーをただ追っかけているのではなくて、たとえば「きぬぎぬの別れ」ってあるじゃん？　あれは平安朝時代に好きになった男と同士がひと晩一緒に過ごす……。

佐野　男同士？

おすぎ　男と女よ。男同士だっていいじゃないの、別に。それが着てたものを全部脱いで、それで一枚を下に敷いて一枚を二人が重なった上に掛けて、それで一夜明かしたときにそれを着て帰った、だからきぬぎぬの別れってその切ない別れの状態を模した言葉なんですって。それがいつの間にか女郎と客との形になって、帰らないでほしいとかって「きぬぎぬの別れ」って言うとかという話をポンポンって入れるのよ。そうすると、どんどん自分が頭がよくなったような気がするわけ（笑）。ともかく、いろんなことを教えてくれるっていうか、興味が尽きないの。どんどん興味が湧いてくるような本になっているっていうのを今日は喋ろうと思ったわけね。これをやればあとはもう何を喋ってもいいと言われているから。

だからやっぱり本を読むっていうのは、佐野洋子の本を読むときだってそうだけれど、自分が満たされることをうれしいと思う、そのことが本を読むことじゃないかって思うの。映画も同じなんだけど。だからあなたが韓流で満たされたらそれで十分いいのよ、一年でもね。

古典って言わないで、読めなくなったから探そうっていうのはいいと思うんだ。古本屋で見つけて読もうとかね。でもあまりにも、さっき言ったように何でも速すぎて、それでいいのかっていうことはあるわけじゃない。

佐野　いいと思っている人は、たぶん一人もいないと思う。

おすぎ　でもどうして、そうなっちゃうわけなんだろう。

佐野　お金じゃない？　結局売れないものは出さないってことになっちゃうわけじ

ゃない。だから経済原理がどんどん激しくなればそういうふうになってきちゃって。
おすぎ　でもそしたら売れるっていうのなんて一つの方向しか行かないじゃない。
佐野　だから今そうなっているのを、そうしないためにはどうしたらいいかってい
うことをみんなで考えましょうよ。
おすぎ　突然姉さんどうしたの（笑）。いや、それはそうなんだけど。
佐野　本当に、誰もいいと思ってないと思うのね。

〝志〟だけは持っていたい

おすぎ　今は小説読むよ。でもあたしは芥川賞とかそういうのはあまり読まないか
ら さ、読んで狂喜するようなものって少ないのよね。
佐野　そんなこと言っちゃ悪いんだけれども、あたしね、日本の小説読まなくなっ
たのはね、村上春樹とよしもとばななが出てきてからなのよ。あの人たちがもう物
事の流れている水面の美しさだけをパーッと拾い上げちゃったわけよ。それでその
あとはもう全部そうなのよね。で、もしかしたら山田詠美は違うかもしれないけれ
ども。要するに見える心地よいところだけを取ってしまってそういうふうに流れて
いくと、読む方だって気持ちいいわけじゃん、気持ちいいことばっかり書いてあっ

て。

おすぎ　全然気持ちよくないけどね、歯が浮いてしまって。

佐野　そうでしょ。あたしも『ノルウェイの森』*読んで頭に来たのは、二冊上下、真っ赤な上巻と真っ緑の下巻があるのね。それであれこれあれこれして恋人同士が別れていて、そしてその恋人が何たらかんたらあったときに帰って来て電話かけるわけよ、「帰って来た」って。そうしたら「そうか、それはよかった」で終わってるのよ。そういうものじゃないでしょ？　そんな大変なことを「そうか、それはよかった」って。

おすぎ　あたしいつも思うんだけど、どうして最後まで読めるの？　いつも途中で終わることないの？　必ず読む？

佐野　あたしね、もうどこまで下らないかっていうのを試さない限り、自分の目で調べない限り、気が済まないの。あたし本なんてバーンッて投げちゃうのよ、もうあんまり頭に来ると。でも拾ってまた続きを読む。だからつまんないものをどこまでつまんないかって、私はやっぱり吟味したいのね。

おすぎ　あたしは途中まで読んで何冊捨てたか、駅の構内に。あたしおかまだから我慢ができないのよ、目移りするのよ。だから言ったでしょ、あたし本命って作らないの。今ね、男が七本ぐらいいるんだけど、一つがいなくなってもスーパーマーケットでお茶買うみたいに取ると向こうからシュッと下りてくる、あの状態にしてるの。だから執着がないのよ。でね、気がついたの。どんなに惚れていろんな苦悩をして何だかんだしてもね、この御面相よ。あなた、もう六十二よ。報われることなんてないのよ。

佐野　そういうおすぎみたいなのはいけないと思うよ。あんた村上春樹と一緒やんか。さっき隆慶一郎の話をして、人間はどうあるべきか、ロッキーで男はどうあるべきかって話ししたじゃない。そうあるべきことがこの世の中で成就しなくても、そこの方向に向かって行くっていうのが人間だと思うのよ。

おすぎ　うん、そうよ。

佐野　だったらそんなスーラスーラってスペアなんてパッて出てくるなんていうのはやめなよ！

おすぎ　疲れたのよ、考えるのが。絶対的にそんなことやってたら疲れるのよ。

佐野　疲れるわよ。でもあたしは、志だけはそうしていこうと思って、ババアになればなるほどそういう志で死んでいきたいと思うのよ。

＊村上春樹著、1987年刊行の大ベストセラー恋愛小説（講談社刊）。

おすぎ　そう？　おかまってね、死ぬときはね、誰にも見られないようにゾウみたいに死ぬのよ（笑）。

佐野　あのね、昨日、『遺品整理屋は見た！』＊っていう本を読んだのよ。それは孤独死した人の後始末に行く遺品屋っていうのがいるわけ。その本は遺品屋が書いたの。それでね、すごいいろんなのがあるわけよ。あんたは孤独死するって言ったでしょ？　もう何が大変かって、臭いんだって、その死臭っていうのが。

おすぎ　ちょっと待ってくれる？　あたしが孤独死するかどうかはわからないじゃない（笑）。

佐野　ゾウのように、って言ったよ。

おすぎ　でもゾウは死ぬところをちゃんと選んで行くわけだからね。だから遺品屋なんて来ないのよ！

佐野　わかった（笑）。

おすぎ　それで臭いのが何、それは。

佐野　死んだら誰も別に見つけてくれなくて、「かわいそうな孤独死」なんてすぐ新聞に書くけど、一人でいるから孤独だなんていうのはあたしも嫌だって思ってたわけ。でもその遺品屋の話を読んだら、「こりゃあ他人迷惑だ」って思ったの。だからあたしが昨日思ったことは、一人暮らししている人は死んだかどうか毎日電話をかけて調べてあげなくちゃね、って思ったの（笑）。

おすぎ　洋子ってさ、本当面白いよね。あたしあんたの頭って破綻をきたしているんじゃないかって思うことがすごくあるんだけど、エモーショナルな状態で毎日生きてるわけ？

佐野　ほとんど退屈してるよ。あ、でもね、あたし、感情がニュートラルってことはないみたいね。

おすぎ　たぶんそうよ、うん。

佐野　あんたはどうなの？

おすぎ　あたしはニュートラルなんか一回もないわよ。

佐野　じゃ同じじゃない（笑）。

おすぎ　これだけは言っておくけど、あたしはストレスって持ったことないと思う。眠れないってこともないし、それから自分で我慢してるってこともない。仕事で朝起きるのがつらいってことなんかはあるけど、それはあたしの仕事だからしょうがない。

＊吉田太一著、２００６年刊行のノンフィクション作品（扶桑社刊）。

昔は大好きだった男のためにすごい大変ないろんなことをやったし、駆け落ちまでしたけど、もう終わったのよ。で、本当は終わっちゃいけないってあんたは言いたいんでしょ？「突き進め」って言うんだけど、突き進んだ先がわかっているのよ、もう。だからね、ゾウの墓場、あたしは（笑）。そう思ってるから。

佐野　いいの、おすぎがゾウの墓場で死んだとしても、それは体だけなの。

おすぎ　あら、あんたいつからスピリチュアルになったの？　いつから江原さんになったわけ（笑）。

佐野　それはいいんだけど、死んだらそれっきりじゃん。だから死のことを考えてるっていうのはさ、生きてるときしか考えられないわけだから、もしかしたらば、っていうふうに考える自由はあるわけよね。だからあんたがゾウの墓場に行って死んだとしてもそれは体だけであって、その志っていうのはどこかに残っているに違いないと思うわけよ。そうじゃなければ隆慶一郎だって、終わった時代のことをそのような望みをかけて新しく書かなかったと思うのよ。

おすぎ　うん、そうだね。たぶんね、作家があたしたちの胸を打つときの一つのことは、成し遂げられないと思いながらも、そのことについて言い募っていかなければ自分がありえないっていうことがあると思うのね。おすぎなんかすごく幸せな人でね。世の中がある程度変わってこなければ、あたしたちなんか出る幕なかったわけじゃない。

佐野　そんなことない、おすぎは自分でそうだって言ったから世の中が変わったのよ。それはあなた、世の中を変えた偉大なパイオニアよ。

おすぎ　でも言っておくけど世の中変えて誰が出て来たの？　ＫＡＢA.ちゃんが出て来たのよ、あなた。假屋崎が出て来たのよ。それは公害以外の何物でもないとあたしは思うわけよ。

佐野　じゃあおかまに公害が多いってことじゃない？

おすぎ　そうだと思うんだけど（笑）。

佐野　でもよく知らないけれども、そういうふうにちゃんとカミングアウトしたおすぎっていうのはやっぱものすごい……。

おすぎ　別にカミングアウトしたわけじゃないの。このまま変えられなかったの、ごまかしができなかったの（笑）。

佐野　だからみんなごまかしているからすごく自分も生きづらいし、まわりもどうしていいかわからないっていうところがあって嫌だからあたしは……。あんたは偉い。

おすぎ　ずっと言ってくれているのね、長い付き合いっていっても、二十年くらい？

ところであなた、韓国のテレビ観過ぎて顎がはずれたの、どういう姿勢で見てて顎がはずれたのよ？

佐野　あたしね、がんになっておっぱい手術したの。そのあと抗がん剤を飲んだわけよ。それが気持ち悪くてね。本当にもう生きているんだか死んでいるんだかわからなくて、「もうどっちかにしてくれ！」っていうぐらい嫌なのよ。あんたもね、どこかがんになったら抗がん剤はやめなさい。

おすぎ　あたしはもう痛み止めだけしてもらって、確実に死ねるからがんは。だから別にこれ以上、だってもう六十二だしね。

佐野　でも今日じゃなくていいでしょ？

おすぎ　……今あたしは訊いてるわけ、だからどうなの、それで（笑）。

佐野　それで、もう居ても立ってもいられないものだから、韓流映画を見舞いに持って来てくれた人がいたの。それが男だったのよ。それが全部持って来てくれたの。その男六回観たっていうのよ、そういう男もいるのよ（笑）。

おすぎ　変態だわね。

佐野　それで観始めたらもうハマっちゃって。

おすぎ　それはあなたにとってよかったんでしょう。

佐野　すごくよかったと思う。それであたしはもうどんどん買い換えて、イ・ビョンホンになったりチャン・ドンゴンになったりさ。どんどんやってもう反吐《へど》が出る。

おすぎ　反吐はわかったわよ、だからどうやって観てたのさ。

佐野　だから寝てるベッドのところにテレビを買って、その隣に突っ込む機械を買って、ずっと朝から晩まで観てたの。

おすぎ　そしたら顎がはずれたの？

佐野　そしたらさ、ここがガクガクし始めて、「ちょっとこれは医者行って訊いてみようかしら」と思って歯医者に行って、「ちょっと顎がガクガクするんですけど」って言ったら、「頬杖つきますか」って言うからあたしは頬杖つくような人生はやってないなと思って、「いいえ」と言ったら、「ずっと長い間同じ姿勢をしてますか」って言うから、「わかった」と思って。だからあたし韓流を観過ぎて顎をはずした人なの（笑）。あたしそこで「韓流観て」なんて言わないわよ。それで「どうしたら治りますか」って訊いたら、「反対側の姿勢をすればいい」って言われたものだから、テレビをこっち側に移して向きを変えて観てたら一週間で治った。

おすぎ　本当に感動する、勉強になるでしょ（笑）。佐野洋子と無駄話していると、ときどきね、はっと気がつくと教えられているわけよ。もし片方だけの姿勢で変になったら逆にすればいいとかいうだけでも、それは素晴らしいことをみんなに教えているわけよ。

佐野　あたしは、何がレベルが高いとか低いとかというふうにあまり思わないわけ。全部同じで、自分にとって面白ければそれはいいと思うわけ。でも、日本の朝日新聞の書評なんていうのは、もう権威に頼っちゃっているわけよ。それで世の中でたとえばあの人はすごい人だと言われたらその人を偉い人だと思っちゃって、もうそこから評価が始まっているわけね。私、すごい嫌なわけよ。吉本隆明なんていうと、みんな一時は神様みたいに思ってたじゃない？

おすぎ　ただのジジイよ。

佐野　あたしの学生のときは、サルトルとボーヴォワールだったのよ。

おすぎ　そうよ、読んだわよ、ヒマだったのよ（笑）。

佐野　それでね、そのとき流行っていてね、もう読まなきゃ人間じゃないみたいだったの。

おすぎ　読まなかったんでしょ、でも。

佐野　読んだのよ。あたし読む人なの、投げつけても拾って読む人だから。それでね、ボーヴォワールの『娘時代』*と『女ざかり』*っていうのが二つあったんだけれども、『娘《ママ》ざかり』から読み始めたの。それで「この人は嫌だ！」ってあたしは思ったの。なぜかというと体が丈夫すぎるのね、だから勉強するのに体力がちゃんとついてるわけ。

おすぎ　わかる、わかる（笑）。

佐野　それでね、「もうこんな人とは友達になりたくない」って。何だかね、体が丈夫でサイクリングですごく長く自転車旅行をするわけよ。そうすると転んで、歯が、こっちの頬っぺたのお肉のところに入っちゃったのね。でもそのまんま旅行を続けるわけ。あたし「こんな人は嫌だ」と思ったわね。あの人の有名な言葉があるじゃない？「女は女に生まれるのではなく、女になるのだ」っていうようなのがあったけど、あんなの嘘よ。それに影響されてあたしの友達なんて人生棒に振ったからね。サルトルとボーヴォワールの真似しちゃったのよ。そしたらあんた、あれは男に都合のいいだけの話で、もう捨てられちゃってさ。……まあいいんだけど

＊『娘時代――ある女の回想』（1961年）、『女ざかり――ある女の回想』上下（1963年）、シモーヌ・ド・ボーヴォワール（著）朝吹登水子（訳）紀伊國屋書店。

（笑）。

おすぎ やっぱしすごく面白い。なぜ面白いかというと、そういうふうにサルトルとボーヴォワールをみた話を初めて聞いた（笑）。

佐野 だからここに奥歯が入っても強引に行くように、「女は女に生まれるのではなく、女になるのだ」とかっていう強引さもあたしは耐えきれないのね。女は女として生まれてきてずっと女なのよ。こういう人もいるけどこれは間違いなのよ……。

おすぎ あんたねえ、いちいち例に挙げなくていいのよ（笑）。

佐野 それから「産む自由・産まない自由」とかって言い出したじゃない？ あたしね、そういうフェミニズム運動が大嫌いなのよ。あたしは女と男の差別を自分は受けたことはないの。受けてるっていう人は、受けてると思い込んでいるのよ。

おすぎ また喧嘩になりますけど、今日は我慢して聞いてね。フェミニズムをやる女ってモテない女なの。

佐野 あたしだってモテなかったわよ。

おすぎ あんたは十分モテてるわよ。

佐野 今になって、少子化だ何だって言ってるけど、とにかく昔は貧乏人の子だくさんだったのよ。それで、経済状態によって子供を産むとか産まないとか、まあ世の中変わってお金がかかるのかもしれないけれど、子供を金がかかるから産むとか産まないとかって話じゃないでしょ。そんだったら、やるなっていうの。

おすぎ　（観客に向かって）うなずかないの、そういうところで（笑）。そうじゃなくて、貧乏人の子だくさんっていうのは動物の本能で、いわゆる終末が来るだろうって、食べられなかったりしてセックスすると、それは受精しちゃうのよ、生命が持続しなければいけないために。だからどうしても子供が多くなってしまう。子供が多くなると食べさせなきゃならないからどんどん貧しくなる、でもそういう中から必ず「俺は嫌だ」っていう子が出てきて一家を救うのよ。それがおかまだったりするときもあるわけよ（笑）。だから女の人は女の人であっていいと思うのね。

佐野　あたしもそう思う。

おすぎ　「女が」とかってあまり言っても意味がないような気がするのよ。だってさ、社民党の今の党首は弁護士じゃない。

佐野　福島？

おすぎ　うん、みずほがさ、錆びたって言ったら怒ったじゃない。

佐野　何で錆びたの？

おすぎ　言われたのよ、どこかの県議に。

佐野　どこが錆びたの？

おすぎ　だから彼女が錆びたと言われたのよ。で、自分のことを機械だと思っているからそういうことを言うって言うんだけど、みずほは昔から錆びてたのよ、だから今始まったわけじゃないの。一緒にずっと仕事をやってきたけど、ＮＰＯもやってきたけど錆びてたの、あの女は。だからあんな政治に入って行くんだけど、錆びなきゃ入って行けないのよ。で、男たちがいろんなことを言うのを流して聞いてりゃいいのよ、そういう爺さんたちなのよ。そんなのはね、滅ぶ、絶対ね。あの厚生労働大臣だって、産む機械だってそういうふうに常に思ってたのよ。だからそんなのは絶対淘汰されていくのよ。それをみんながワーワー言うから下らなくなっちゃうんで。

佐野　あんなのさ、「はいはい、その通りで機械ですよ、あんたたちは種馬でしょ、種馬も頑張ってちょうだいよ」って言えば済むわけじゃん。あれをああいうふうに距離を短くして、それに反応するっていうのはよくないね、頭よくないんだね。

おすぎ　みんな頭はよくないわよ。大体内閣がみんな総理大臣が来たら立たないとか規律がどうのとかやれどうだって、あんなこと国民に言って欲しくないよね。国民が選んだわけじゃないじゃない？　自分たちが選んで勝手に安倍を総理にしてよ、あんなの安倍の求心力がないだけの話じゃない。そんな話国民に言われたってさ、国民は不幸だって誰も言わないんだよね、テレビのコメンテイターは。言えばいいのよ、「恥ずかしい」って。

佐野　でも、あんたはお料理の番組に出てまずかったら「まずい」って言わないでしょ？

おすぎ　この前名古屋の東海テレビで、志摩観光ホテルの一万四千円の伊勢エビのカレーっていうのを食べたのよ。そもそも、エビが嫌いなの。スタッフには「あたしは食べれません」とは言ってたんだけど、一応食べさせてもらったの。そうしたらね、シェフがそこにいるのよ。ずっと立っているからそのことに対していちいち喧嘩売ることもないじゃん、だから何もコメントしなかったよ。こうやって食べて「ふーん」って言っただけ。で食べたらさ、カレーでもなければエビのスープでもないのよ。だからね、カレーのおかまみたいなどっちつかずの存在で（笑）、「これカレーのおかまですよね」とか言ったって、ここに来てる人はみんな意味がわかるけど、テレビ見てる人が全部わかるわけはないから。でもまずいっていうことは言ったりするよ。

佐野　結局、誰も言わないじゃない。テレビも要するに公平でも賢くも何でもない。

情報の垂れ流しをやるわけじゃない。
おすぎ そうなのよね。でもそこに出ている、あたしはいるわけよ。
佐野 ところで叶姉妹のあの姉さんの唇ってどうなっているわけ？　おっぱいすごいんだよ、あれ。
おすぎ 風船なの。毎日テレビ出るときに注射してくるんだと思う。だって美香のおっぱいなんて見るたびに大きくなってるんだもん。
佐野 いやー、あんなものがこの目で見られるなんて、テレビって素敵だなって思ったわよ、あ、ごめんなさい。
おすぎ それでどうした、叶姉妹は結局。
佐野 知らない、あたし途中で出て来ちゃったから。
おすぎ ニュースって芸能ニュースでしょ、たぶん。
佐野 それがね、自分の名前を売るためのやらせじゃないかっていう疑いがある。
おすぎ そうそう、本出すんで。たとえばあんたが本を出すときに、あんたは知性で売ってるからいいけど、肉体しかなくて本を出すって言ったときには、肉体を目の前にさらけ出すっていうことはやぶさかじゃないわけでしょ。
佐野 えっ？　ちょっともう一回言って。

おすぎ　あなたは知性で売ってるから本を出すときに何もしないじゃない。

佐野　そりゃ肉体が……。

おすぎ　貧弱だからでしょ。

佐野　貧弱だからだよ（笑）。

おすぎ　でしょ、もし肉体が誇れるようなものだったら前に出るでしょ。

佐野　それしか能がないの？　そんなことあり得ないじゃん、人間がおっぱいしか能がないって。

おすぎ　おっぱいに能があるのよ、あれは（笑）。おっぱいを前に出すよりかしょうがないじゃないの。

佐野　お馬鹿じゃない、そんなの。

おすぎ　違うの。これが何が怖いかというと、ああいうことが出ると本が売れるのよ。石原真理子があんな下らないことを書いて、くっだらない本よ、あなた。で、取り上げられただけでベストセラーになるのよ。そのことの怖さなのよ、テレビって。

佐野　だからそういう意味でテレビで言ってることとか新聞で言ってることとか、要するに情報マスコミュニケーションっていうものに毒されちゃって、自分の判断っていうのがすごいつきにくくなってきちゃっていて……。

おすぎ うん、愚かになってるの。

佐野 それでもう愚かの基準をどこに置いているかわからないわけ。なぜかって言うと、みんながそう思っていることが正しいというわけじゃないじゃん。

おすぎ 本当はね。

佐野 うん。だけど結局ああいう情報によってみんながそう思わされるっていうことはあるわけじゃん。そうすると、あたしゃっぱテレビは観てもいいけど信じるな、って思うの。

おすぎ でも信じるのよ。

佐野 信じないのよ、志で。

古典と新訳

おすぎ 原作の本以上にうまくできている映画っていうのはあるのよ。「風と共に去りぬ」[*]みたいに。原作は面白いよ。だけどやっぱりあのヴィヴィアン・リーが演じたのを観ると、やっぱ素晴らしいじゃない？ ましてや今売っているＤＶＤの「風と共に去りぬ」はデジタルリマスターっていう版で、とにかくアトランタで最初にプレミアをやった一九三九年のそのときの色が出てるっていうの。あたしはそれを試写で見せてもらったんだけど、あたしたちが最初観たって言ってもリバイバルなのよ。で、鐘が鳴るでしょ。そしてGone with the Windって流れるのよね。こんな大きな字でガーッと流れて、それでスカーレットが着るベルベットの生地があるでしょ？　あのカーテン引きぬいてレット・バトラーの牢獄に会いに行くときのベルベットの感触。あのベルベットが触れたいぐらいすごい色になってるの。でもそれは、一九三九年のときの色にしたっていうのよ。今はコンピュータでそれ以上きれいになるっていうのにそこで止めたって言うんだけど、一九三九年のあの映画を見たことのある人はいないのよ（笑）。なのに、すごくよくできているので、やっぱりあれはDVDで観るのだったらとてもいいと思います。今手に入るかどうかわからないけど。

佐野　手に入る。

おすぎ　ものすごくいいから。あれは何度観ても面白い。スカーレットがお医者さんのところへ行って手伝わなきゃいけなくてアトランタの駅の前に立ったとき、ダ

＊ヴィクター・フレミング監督。1939年アメリカ映画。マーガレット・ミッチェル女史による人気小説を映画化し、映画史上に残る記録を作ったヒット作。

ーッと死人と負傷した兵隊たちが広場を埋めてるんだけど、エキストラが集まらなかったから半分は人形なの。撮ってるときに太平洋戦争中でエキストラがいなかったわけよ。だから私、離れ小島に、……離れ小島に電気がないから観れるかどうかわからないんだけど、何を持って行きますかって言われたら、「風と共に去りぬ」を持っていく。

アトランタの街を初めてスカーレットが訪れるじゃない？　ピティパットのばあさんのところを訪れたときのあの正面玄関ってMGMの事務所の玄関なのよ。それを合成っていうので、ここを撮ってここを消しちゃって、ってセットをつけているの。今だったらCGの技術であっという間じゃない？　そういうことを全部あの時代にやっているのよ。だからそう考えると、小説より映画の方がすごくよく作られていて、それはやっぱり作り手たちの熱意だと思うのね。戦争中よ。

佐野　あたしあれを観たとき中学二年だったんだけど、まだ戦後だったわけね。それで作ったのが三九年と知って、「戦争中にこういう映画を作っている国と戦争したら、そりゃあ負けるに決まってるわ」と思ってすごくびっくりしたね。

おすぎ　あれだけヒットして唯一リメイクされていない映画なのよ、「風と共に去りぬ」っていうのは。「麗しのサブリナ」*だってリメイクしちゃって、すごく下らない映画にしたでしょ。だからそういうこと考えると、やっぱり小説も上手に脚色すると映画としてすごくよくなることもあるから。だから映画を観てる楽しさって、もしかしたら宝探しに近いものかもしれないね。本も同じだよね。

佐野　あたしたち、今みたいに学生時代にお金がなかったから文庫ぐらいしか読めなかったのよね。岩波文庫しかなかったのよ。そうしたら、世界の名作、日本の名作って、帯の色が違うわけね。それでドストエフスキーなんていうのを読んだわけよ。もうね、あたし読んでて、コールタールの中を泳いで息ができないみたいな（笑）。それが三巻もあるわけね。それで読んだような気になってたわけよ。そうしたら今度新訳が出たのよ。そしたらあなた、ちゃんとわかるの。で、人もどういう人だかちゃんとわかるの。あれは岩波文庫がやった悪行だね、本当に。それから翻訳体っていうものがあれでできてしまったものだから、大江健三郎なんかが出てきちゃうわけよ。大江健三郎の本がすごく英訳しやすいっていうのは、あの人翻訳読み過ぎたんだね。だから今あたしは、『カラマーゾフの兄弟』**を読んでいるんだけ

*ビリー・ワイルダー監督、オードリー・ヘップバーン、ハンフリー・ボガート主演。1954年アメリカ映画。リメイク版「サブリナ」シドニー・ポラック監督、ジュリア・オーモンド、ハリソン・フォード主演。1995年アメリカ映画。　**ドストエフスキー著の未完の大作小説。対談で触れているのは、亀山郁夫訳光文社古典新訳文庫のこと。

ど……。

おすぎ　昔、高校入ってすぐ読むじゃない？　でもあたしは、『カラマーゾフ』も『静かなドン』も投げたわよ、途中で。

佐野　でもね、ほらあたしはそういう人だから、読んだんだけれども。

おすぎ　あたし、読み上げた露文って『戦争と平和』だけよ、長いやつで読んだやつは。

佐野　それが古典を新しい日本語で訳していってるのが出てくると、すごくそれは読みやすい。ぜひずっと続けてやってほしいと思うのね。

おすぎ　あれは難しすぎたんだね、文語体でね。

佐野　やっぱり世の中進歩するわね。

おすぎ　本当は、音楽なんかもそうだけど、昔のヒット曲を新しい歌手が歌うっていうことが永遠につながっていくわけじゃない。そういうことをしていかないとダメなのに、していないものね、やっぱり日本は。

佐野　訳したって別にそれが本の原文と違ってるっていうわけじゃなくて、むしろもっと素直に寄り添っていると思うのね。それで意味はもっとよくわかりやすくなっていると思うから。いや、びっくりするよ。

おすぎ　モームなんかもっともっと訳されたらいいと思う。今、サマセット・モームの『劇場』が映画になって、「華麗なる恋の舞台で」＊＊＊っていうふうになって出てきているんだけど、いやあなた、面白いよ、映画も。

一九三〇年代、ロンドンの街でアメリカから来た女優が、ロングランでやっているうちに有名になって、すごい女優になるの。それがアネット・ベニング。旦那はその劇場の経営者で演出家なの。だけど、毎日毎日同じことやってるから、その女優は退屈してるの。で、「もうやめたいわ、家へ帰ってゆったりしたいわ、もうやめましょう」とか言って、毎日もうつまんない、つまんないって家政婦なんかに言ってるの。それで、ある日劇場に入ると旦那に、「ファンが待っているから行ってみたら」って言われて、劇場のステージドアのところに行くと、アメリカ人の二十代の息子と同じくらいの男の子が待っていて、「あなたは小さいときからずっと僕の女神でした」とか言われるのよ。そのうち二人でこっそり会ったりしていて彼の家に連れて行かれて「こんなところですよ」って、チンケな学生の下宿みたいな

＊1926年から1940年の15年にわたって発表されたミハイル・ショーロホフの大河小説。　＊＊1865年から1869年にかけて発表されたトルストイの大河歴史小説。　＊＊＊サマセット・モーム原作の『劇場』の映画化。イシュトヴァン・サボー監督、アネット・ベニング、ジェレミー・アイアンズ主演、2004年カナダ＝アメリカ＝ハンガリー＝イギリス合作映画。

ところで、外を見ているときにやにわにキスされて、そのままベッドインしちゃうの。そうした途端に、退屈だった毎日がバラ色になるのよ。だから今まで退屈でやりたくなかったことも、旦那に「続けるわ」って言うのね。あたしなんかも若い男とキスした翌日はたまんなく仕事をやる気になるじゃん。わかるのよ、すごく。で、ベニングがうまいの。「よみがえったわ、精気が。バリバリ仕事やるわ」って言ってるうちに、その男に恋人ができるの。それが新人女優なの。それで次にやる舞台にその自分の恋人を使ってほしいので観に来てくれって言われて観に行くの。観に行って旦那のオーディションを受けさせて、旦那もいい子だっていうので入れることになるんだけど、すごい復讐の仕方をするの、その女に。

佐野　あんた一つぐらい言ってよ（笑）。

おすぎ　言ったら観ないじゃん、観る？

佐野　観る！

おすぎ　観る？

佐野　うん。

おすぎ　舞台が決まって、それでリハーサルを始めるじゃない？　その女優に「あなたその衣装は似合わないからこれにしなさい」とかいろいろ親切にして、初日の幕が開いたときに全部違うことをやるの。

佐野　どういうこと？

おすぎ　セリフも違うし、ブランコも自分で乗っちゃうし、とかいろんなことを変えちゃって立ち往生させるの。気持ちがいい映画よ。女の復讐って怖いわね。おかまよりか怖いわーって、胸がスーッとする映画になってるの（笑）。で、結局解釈の違いなんですね。モームが書いたその『劇場』もいいものだろうけれど、映画は今風にわかるようにしている。ディテールがすごくうまいのよ。やっぱしね、いいものを観ていると「あ、いいな」とかって思うの。いくら原作が古くても上手に作るものは作るじゃない。だから今佐野さんが言ったみたいに、いいものはいつまでもいいのよ。それだから受け継がれたものに関しては、やっぱり翻訳でもちゃんとして出すべきだと思うのね。

歴史ものの日本映画は作りにくい？

佐野　今年か去年かさ、とても日本映画にお客が入ったんでしょ。

おすぎ　客が馬鹿になったからよ、考えたくないわけ。

佐野　別にいい映画が出てきているわけではない？

おすぎ　出てきているわけではないの。まあいい映画もあるのよ、「フラガール」*なんてとてもいい映画になってるし、でも日本アカデミー賞で主演女優賞を松雪泰子にはやらないで中谷美紀にやるのよ。でも中谷の「嫌われ松子の一生」**ってゴミみたいな映画なのよ。そういうのってやっぱり許せないわけ、あたしは。それはどこかの力関係が絶対あるわけね。だからさ、そこはいけないと思うのね。でね、とにかく今はテレビ局が映画を作るじゃない。そうすると映画の封切りの前の日に、ずーっと朝から晩までその誰かが出てて宣伝をやるわけ。テレビ局がやるから出演料を払わないでそういうことをやらすわけじゃない。そうするとさ、テレビ観ている人たちってみんな洗脳されているから、「あんなに言ってるから行っちゃおう」って、「日本沈没」***なんてくっだらない映画にドドーッと行ったのよ。

佐野　本当にあれは人が入ったの？

おすぎ　入ったのよ。

佐野　あたし「男たちの大和」****っていうのもすごく出来の悪い映画だと思ったけど。

おすぎ　まだいい方なの、あれは。あれは少年兵たちを扱って、あたしなんてあれで「戦争だ、男だ」って言われたらどうしようかと思って、「誰が行くか」って（笑）、でもちゃんとあれは少年たちが巻き込まれてたっていうのをやってるの。

佐野　それは意味としてはそうなんだけど、あれは本当はもっとすごく緊張感が出てくるはずだと思うのよ。

おすぎ　あんた、馬鹿ねえ。今は緊張感が出る映画なんて誰も二時間も観ないのよ、我慢できないの。

佐野　だから二時間全部緊張しろって言うんじゃないの、一秒でも密度と緊張があれば、もうちょっといい映画になったんじゃないかと思うのよ。

おすぎ　あれはまだいい方よ。あんたなんか「蒼き狼*****　地果て海尽きるまで」観たら「けっ」って言うわよ。モンゴルが何だとか言うわよ、絶対。

佐野　どうして？

おすぎ　緊張ないもん。ダラダラしてるよ。そこへいくとやっぱり「硫黄島からの******

*李相日監督、松雪泰子、蒼井優主演。２００６年日本映画。現在「スパリゾートハワイアンズ」に改名した「常磐ハワイアンセンター」誕生実話の映画化。　**山田宗樹の小説を映画化。中島哲也監督、中谷美紀主演。２００６年日本映画。教師の職をクビになり、家族とのいざこざから家を飛び出したことから転落していく、松子の不幸な人生を明るく描いた物語。　***小松左京原作のＳＦ小説の映画化、リメイク版。樋口真嗣監督、草彅剛、柴咲コウ主演。２００６年日本映画。日本列島の沈没という未曾有の危機でパニックに陥る国民の姿とその中で出会った一組の男女の運命を描いた物語。　****佐藤純彌監督、反町隆史主演。２００５年日本映画。太平洋戦争時、戦艦大和に乗りアメリカ軍との戦いに臨んでいった若者たちの命運を描いた物語。　*****森村誠一原作小説の映画化。澤井信一郎監督、角川春樹製作総指揮、反町隆史主演。２００７年日本＝モンゴル合作映画。チンギス・ハーンの生い立ちからモンゴル統一までの人生を描いた物語。

手紙」なんかはきちっとしたものを作ってるからね。だからそれは監督の力だろうね、たぶん。

佐野 あの人偉い人ね。

おすぎ クリント・イーストウッド？

佐野 うん。

おすぎ すごいよね。

佐野 あたし観たわ、二つとも。

おすぎ でもあたしは「*父親たちの星条旗」の方が好きなんだけどね、映画としては。あたしやっぱり気になっちゃうのね、二宮君みたいな兵隊はやっぱいなかったのよ、昭和二十年代にいくら打ち捨てられた硫黄島でもね。それで、あれがパン屋の主人でね、奥さんのお腹にこうやってるときにあんたが生まれてくるのって言いたくなっちゃうような感じ。いや、二宮もすごい頑張っていたよ。それから謙ちゃんも頑張っていたと思うんだけど、あたしたち日本人が見ると、やっぱり不思議な映画なのよ。

佐野 もうあたしたちが死んだら、昔のたとえば戦時中の話は違う話になっちゃうね。二宮君みたいなのはいないわけ。戦時中、「命が大切、だからお前だけは帰って来い」って口に出した母親はいないわね、たぶん。それは心で思っていても「お国のために」って泣いているので口に出しては言わないのよ。でもそういうことをどんどん口に出して言うような、それから「生きたい」とかっていう二宮君みたいなのになってきてしまう。

おすぎ　そうそう。だけどアメリカ人にあの映画がとても評価されているのは、二宮君のところがわかりやすいからよ。だからきっと二宮君たちのことをいって言って、アカデミー賞にノミネートされたのもそういうところだと思うのね。でも出来としてはやっぱし「父親たちの星条旗」の方がずっとすぐれた映画だと思うわけ。いかにマスコミ操作っていうことが大変かっていうことで、アメリカ人が認めたくないこともたくさんあるからだと思うんだけど、だから何て言うのかな、もう日本は何か時代劇みたいなものはできないね、時代ものっていうか、昭和の話だとか。だいくらCGを使って「ALWAYS三丁目の夕日」**なんて一生懸命作ったたって。

*****（P257）クリント・イーストウッド監督、渡辺謙、二宮和也出演。2006年アメリカ映画。硫黄島での米国と日本の闘いを、米国側と日本側から描いたクリント・イーストウッド監督による二部作の日本編。　*クリント・イーストウッド監督、ライアン・フィリップ主演。2006年アメリカ映画。硫黄島での米国と日本の闘いを、米国側と日本側から描いたクリント・イーストウッド監督による二部作の米国編。　**原作は西岸良平の漫画『三丁目の夕日』。山崎貴監督、吉岡秀隆、堤真一出演。2005年日本映画。昭和33年（1958年）の東京の下町を舞台に人々の交流を描く物語。

って「三丁目の夕日」を観ていいって言う人はみんな間違っていて、大体小雪みたいなやつはあの時代にはどこにもいないんだから。だって変な女でしょ？

佐野　「三丁目の夕日」は、子供が小綺麗で嫌だったわね、あれでも小綺麗だよ。

おすぎ　あたし子供はそんなに好きじゃないけど、特にあのこまっしゃくれた子供はとっても嫌。

でももう無理なのよ、作り手たちがそれができる状態じゃないから。クリント・イーストウッドだってもう七十いくつだからね。だから偉いのよ、現役であれだけやっているっていうのは。やっぱりさっき言ったけど、やる気だと年は関係ないね、あんまり。それで伝えようと思うことがあるならね。たとえば、川を渡る人足がいるじゃん？　ああいうエキストラがいなくなっちゃったのよ。全部腰が高くてさ、ふんどしを締めて大井川を渡る、そういうのがいなくなっちゃったのよ。もう駕籠かきだって、エキストラでガッツ石松みたいなのばっかうまく集めるわけにはいかないのよ（笑）。そういういろんな面でもう難しくなっちゃったのね。

決して名画とは言わないけど、ロマン・ポランスキーが「オリバー・ツイスト」*を撮ったときに観に行ったでしょう。観に行ったときにオリバーが初めてロンドンの街へ来るじゃない？　それで泥棒のじいさんのところへ行くときの街の中にいるエキストラを全部オーディションしたの。それであの時代にマッチした人だけ選んだの。それであの衣装は街着なの、全部あのときのその時代に合った街着を着せて歩かせて全部撮ったの。あれはロンドンのピカデリーサーカスから左へ寄ったところの街なんだけど、今もあるお店が三軒あるの、その中に。

佐野　昭和通りの大野屋みたいじゃない。

おすぎ　今はなくなっちゃったけどね。今工事しちゃってる。

佐野　あ、そう。

おすぎ　それでロマンが言うには、そのときからあったけれども使わなかった店が二つあるんだって。一つはシュワップスの店。もう一つはネスレ。この二つはあの時代からあるんだけど、使ったら現代になっちゃうから使わないって。あれは全部オープンセットなの。そこを全部ロマンが案内してくれたんだけど、そういうふうに作り手たちが思っていなければ、なかなか時代劇ってできないものなのよ。今度角川さんは「蒼き狼」で馬に五億かかったの。百五十頭か何かの馬を買ったのよ、決戦のために。それで「借りればよかったのに」って言ったら、「四か月借りてた

＊チャールズ・ディケンズ長編小説の映画化。ロマン・ポランスキー監督、ベン・キングズレー主演。2005年フランス＝イギリス＝チェコ合作映画。19世紀ロンドンの街並みを舞台に、幸福を求める少年の冒険と成長を描いた文芸ドラマ。

らもっとかかる、まして殺すこともできないし」って。だから買っちゃえばけがをしたとしても死んだとしても、そのことに関しては自分のものだからできるって。

佐野 あたし観てないからわからないんだけど、出てくる馬っていうのは競馬馬みたいに脚が長いんじゃないの？ モンゴル馬って脚が短いんだけどね。

おすぎ 向こうで調達したって言ってたよ。

佐野 この頃の日本の映画もみんな脚の長いアラブ系っていうの、それが出てくるけど、木曾馬とかそういう戦争する馬は脚が短いって。もういないんだけど。

おすぎ 集められないのよね。そういうことも含めて時代は変わっているのが問題だと思うんだけど。だから昔の小津さんの映画なんか観ていると、銀座が映るじゃない？ でね、地球儀*があってそこに不二家があって、有楽町からこっちへずっと走って来ると服部時計店があって、すぐ目の前に三越があるじゃない。今はもう、「あ、銀座だったな」っていうのは再現できないでしょう、いくらやったって今はもうないし。そういうことから考えると、どこかでオープンセットを組むって言っても日本のオープンセットの技術って本当よくないから、その辺の江戸村とか安土桃山文化村みたいなのじゃ、やっぱりダメになってきちゃうことは確かなのね。だからいかに昔をひもといていくかっていうことからいくと、さっき佐野さんが言ったように、現代でもわかるような言葉でやることがとても大事になってくるんじゃないかなって思う。

佐野　それから日本人って、百姓がほとんどだったわけじゃん？　それに貧乏侍がほとんどだったわけじゃない。日本人は貧乏のリアリティを出すのがものすごくうまいんだからそんな豪華絢爛の時代劇を作らないで、下級武士だとか農村だとか、そういうのを作ったら大丈夫なんじゃない？

おすぎ　そういうの、観たい？

佐野　黒澤明はそれで成功したんじゃないかと思うよ。

おすぎ　そんなの観たい？　観たくないね。

佐野　「たそがれ清兵衛」[**]とか大好き。

おすぎ　だから難しいのは、そこに現代の顔をした人がいて、貧乏だって言ったたって、「ホストクラブ行けば」とか、ふと思っちゃうのよ。「稼げるわよ」とかって思っちゃうのは悲しいことなのよ（笑）。

＊1953年銀座五丁目のビルの上に設置された森永製菓の地球儀ネオン。小津映画「秋刀魚の味」ではこれを映すことでそこが銀座であることを示す。1983年に撤去。＊＊山田洋次監督、真田広之、宮沢りえ出演。2002年日本映画。藤沢周平原作、山田洋次監督による時代劇映画第一作。

佐野　あんた性質《たち》悪いわ（笑）。

おすぎ　えーと、二時間ぐらい？　何も残らなかったと思うんですけど。

佐野　ごめんなさいね。

おすぎ　あたしたちをキャスティングしたのが悪いんですからね（笑）。あたしは佐野洋子とか洋子とかって平気で呼びますけど、それは私の中で尊敬してないのではなくて、非常に尊敬しているのね。彼女と一緒に舞台に立てることなんてめったにないし、本当に今日は幸せなことをさせてもらったと感謝しています。だから体を大事にして無理しないでください。あたしはおかまだから、痛いところでも何があっても我慢してそれでゾウみたいに死んでいくから大丈夫だと思うんだけど（笑）。

（書店「メリーゴーランド」講演会「古典を読む」2007・2・25）

記録・黒田昌志

2008年～ 佐野洋子の仕事

2008年	エッセイ『シズコさん』新潮社
	エッセイ集『役にたたない日々』朝日新聞出版
	創作『天使のとき』朝日新聞出版
	雑誌「小説 宝石」エッセイ連載 (『死ぬ気まんまん』)
	他
	2008年度 第31回巌谷小波文芸賞受賞
2009年	エッセイ集『問題があります』筑摩書房
	創作『クク氏の結婚、キキ夫人の幸福』朝日新聞出版
	舞台「あの庭の扉をあけたとき」演劇集団 円
	他、エッセイなど
2010年	エッセイ集『そうはいかない』小学館
	【11月永眠 (享年72)】
2011年	絵本『おばけサーカス』講談社
	エッセイ・対談『死ぬ気まんまん』光文社　対談　平井達夫医師
	対談集『佐野洋子対談集　人生のきほん』講談社
	対談　西原理恵子／リリー・フランキー
	ムック『文藝別冊佐野洋子　追悼総特集』河出書房新社
2012年	佐野洋子の本　全8巻　講談社
	『おじさんのかさ』『おぼえていろよ おおきな木』『おれはねこだぜ』
	『100万回生きたねこ』『空とぶライオン』『ふつうのくま』
	『わたし クリスマスツリー』『おばけサーカス』
	小説『右の心臓』小学館文庫
	絵本『あっちの豚 こっちの豚』小学館
	谷川俊太郎 共著　詩画集『女に』対訳版　集英社
	ドキュメンタリー映画「100万回生きたねこ」小谷忠典監督

2013年　童話『おとうさん おはなしして』新装版　理論社
対談集『ほんとのこと言えば？　佐野洋子対談集』河出書房新社
工藤直子 作　童話『おいで、もんしろ蝶』新装版　理論社
森山京 作　童話『ねぼけてなんかいませんよ』新装版　フレーベル館
展覧会「佐野洋子の版画」SPACE YUI
展覧会「佐野洋子の世界『100万回生きたねこ』の魅力展」
こおりやま文学の森資料館
ミュージカル「100万回生きたねこ」
インバル・ピント&アブシャロム・ポラック 演出

2014年　テレビ番組「ヨーコさんの“言葉”」
NHK Eテレ放送開始　全50話
展覧会「佐野洋子　絵本の軌跡展」ふくやま美術館
舞台「シズコさん」劇団民藝

2015年　小説『私の息子はサルだった』新潮社
創作『食べちゃいたい』ちくま文庫
創作『もぞもぞしてよ ゴリラ／ほんの豚ですが』小学館文庫
くどうなおこ 詩『おんなのこ』新装版　幻戯書房　絵
広瀬弦 彩色
イラストエッセイ集『ヨーコさんの“言葉”』講談社　北村裕花 絵
短編集『100万分の1回のねこ』講談社
（13人の作家が綴る『100万回生きたねこ』へのトリビュート短編集）
展覧会「まるごと 佐野洋子展」県立神奈川近代文学館
ミュージカル「100万回生きたねこ」
インバル・ピント&アブシャロム・ポラック 演出

2016年　絵本『ねこ いると いいなあ』新装版　講談社
創作『あっちの豚 こっちの豚／やせた子豚の一日』小学館文庫
小説『北京のこども』小学館 P＋D BOOKS
イラストエッセイ集『ヨーコさんの“言葉” それが何ぼのことだ』
講談社　北村裕花 絵

2017年　崔禎鎬 共著　書簡集『親愛なるミスタ崔』クオン
イラストエッセイ集『ヨーコさんの“言葉”わけがわからん』
講談社　北村裕花 絵
夏目漱石 作　小説『吾輩は猫である 上・下』新装版
講談社 青い鳥文庫　絵
バラエティブック『佐野洋子　あっちのヨーコ こっちの洋子』
平凡社 コロナ・ブックス
バラエティブック『佐野洋子』良品計画 MUJI BOOKS

2018年　イラストエッセイ集『ヨーコさんの“言葉”ふっふっふ』
講談社　北村裕花 絵
バラエティブック『佐野洋子の「なに食ってんだ」』NHK出版

解説　怖ろしいタイトル

平松洋子

世の中でいちばん怖ろしい言葉のひとつが、本書のタイトルになっている。

想像しただけで戦慄するではありませんか。誰かと話している途中、面と向かって「ほんとのこと言えば?」と斬り込まれたら――。図星ならば消え入りたくなるし、あるいは〝そんなつもりは毛頭なかったが、ひょっとしたら自分の本音はべつのところにあるんだろうか?〟と、疑心暗鬼に陥ったりもする。どっちにしたところで、スミマセン出直してきますと引き下がるか、「ほんとのこと言えば?」の熱量に対峙するほかない。怖ろし過ぎる。

本書は、一九八〇年代からおこなわれた各界九人との対談を年代順に編んだ一冊である。自他ともに認める「パンツ一っちょのひと」がそれこそすっぱだかの言葉で九人九様に向き合う、そのようすのきっぱりとして潔いこと。いまさらながらに惚れ惚れする。話の主題はまったく別方向で、小沢昭一とは猫、大竹しのぶとは自作絵本、岸田今日子とは母親、山田詠美とは作家という生業……それぞれ異なる角度から異なる質量の光彩が放たれ、さらには各対談のあいだに年譜が適宜差し挟まれる周到な構成。佐野洋子という人物のきわめて複雑なひだを照らし出す試みが効いている。

「ほんとのこと言えば？」。この言葉は、河合隼雄との対談のなかで発せられたものだ。

「佐野　私『ほんとのこと言えば？』という気持ちありますね。たとえば、ウソっぽいことをやっていると、口のまわりがひくひく硬くなるとか、痛いみたいになるとか、頬がこわばるとか、目つきがキョロキョロするとか……（笑）」

この発言を受けて、河合隼雄は「ああ、わかります。体にくるんですね」「男が本音吐くというのは、よほど面白い状況のときとか、いのちが危ないときとか（笑）。普通、男の人が本音吐くのは三パーセントくらいじゃないかな」と続けている。「体にくる」という官能的な反応に刺激されたのだろうか、自身の内部へこんなふうに目線を送りこんでいる。

「佐野　私、ときどき感じるんですけど、何かふっと言ったとたん、男の人がバン！　って、向こうに飛びのくような気配があるんです。実に無念で、寂しい（笑）」

言葉のキレ、おかしみに圧倒されてしまう。本書には、それこそ読んでいるこちらが「バン!」と「向こうに飛びのくような」言葉があちこちに潜んでいるわけだが、その風圧がまさにこの感じ。飛びのきつつ、身を起こさせられたり、腹を抱えて爆笑したり、喉に刺さっていたホネがぽろりと抜けたり、めったやたら忙しい。ただし、当の本人は自分を持て余してもいたらしい。「もう言うのをやめようかなあと思うこともあるけど、やめられない」と吐露するので、河合隼雄は一連の流れをこう結ぶ。

「河合(前略)もっとも、何でもかんでも『これが、ほんとよ』ってやって、その度に男がパッパッと飛びのいて、結果だめになる男の人もいたりする(笑)。っていうのも、もったいない話ですね。――なにしろこの世は男と女しかいないのだから」

ほんとのことは、大きくて深くて暗い川のなかをぷかりぷかり、浮き沈みしながら流れてゆくのがちょうどいいものなんだろうか。しかし、「パンツ一っちょのひと」は、それでは飽き足らなかった。

当時結婚一年目の夫、谷川俊太郎との対話は本書の白眉というべきものだ。佐野洋子の批評眼のするどさはもとより、苛立ちや違和の感情まで微細に語られており、取り扱い注意の赤札が貼られた刺激物みたいな内容に驚かされる。およそ容赦も遠慮もなく、ひたすら率直。佐野洋子そのひとがはだかんぼのまま、片手に抜き身の刀を握って立っている。こんな批評性全開の〝夫婦対談〟にお目にかかったことがなく、だからこそすこぶるつきの面白さだ。もちろん、聞き手として、長年の交流がある編集者刈谷政則の存在を得ているからでもあるのだが。

丁々発止の男と女だから、なのだろうか。いや、好奇心のカタマリのなせるわざだろうか。目前の夫をこう腑分けするのだ。

「たとえば私、この人にはモラルってものがないと思うんですよね。『非常識』っていうのは『常識』があって『非』なんですよね、だけどこの人は『無常識』だと思います、私」

うわああ。もしその場にいたら、「バン！」の風圧に吹き飛ばされたに違いない。体とココロでわし摑みにした裂帛《れっぱく》の人物論、あるいは詩人論。断じられた側は、「こんなにつまり俺の本質を突いて批評してくれた人はいない」。とりあえず腹を上に向けて感謝してみるほか手がないだろう。ふたりは九〇年、結婚。九六年、離婚。

ここで思い出さずにはおられないのが、谷川俊太郎による一連の作品「鳥羽」（六五年）である。発表と同時にとりわけ大きな反響を巻き起こした「鳥羽1」、その二連目にこうある。

「本当の事を言おうか
詩人のふりはしてるが
私は詩人ではない」

本書を読みながら、ふと思ったのだ。「本当の事を言おうか」と「ほんとのこと言えば?」は一対のように向き合っている、あるいは蛇みたいに絡み合っている、と。「ほんとのこと」って、本当はどんな容貌をしているんだろう。

（エッセイスト）

プロフィール

◆小沢昭一

1929年、東京生まれ。早稲田大学卒業。俳優座養成所を経て、1951年俳優座公演で初舞台。以後、新劇・映画・テレビ・ドラマと幅広く活躍。一方、民俗芸能の研究にも力をそそぎ、レコード「日本の放浪芸」シリーズの制作により1974年芸術選奨新人賞を受賞。『ものがたり　芸能と社会』（新潮学芸賞）『ぼくの浅草案内』『句あれば楽あり』『小沢昭一百景　随筆随談選集』（全6巻）など著書多数。2001年勲四等旭日小綬章受章。2012年12月逝去。

◆河合隼雄

1928年、兵庫県生まれ。臨床心理学者。京都大学名誉教授。京都大学教育学博士。2002年2月から2007年1月まで文化庁長官を務めた。1952年京都大学理学部卒業後、アメリカ留学を経て、スイスのユング研究所で日本人として初めて、ユング派分析家の資格を取得。国内外におけるユング分析心理学の理解と実践に貢献した。『昔話と日本人の心』（大佛次郎賞）、『明恵　夢を生きる』（新潮学芸賞）など著書多数。2007年7月逝去。

◆明石家さんま

1955年、和歌山県生まれ。お笑い芸人・タレント。2代目笑福亭松之助に師事。1981年にフジテレビ系バラエティ「オレたちひょうきん族」がスタート。以降、数多くの番組で司会を務めている。現在、「さんまのまんま」「ホンマでっか!? TV」（フジテレビ）、「さんまのスーパーからくりTV」（TBS）、「踊る！さんま御殿!!」（日本テレビ）などの人気番組を持つ。日本を代表するお笑い芸人のひとりである。

◆谷川俊太郎
1931年、東京生まれ。詩人。1952年、第一詩集『二十億光年の孤独』出版。以後詩、エッセー、脚本、翻訳などの分野で文筆を業として今日にいたる。詩集に『21』、『落首九十九』、『ことばあそびうた』、『定義』、『みみをすます』、『日々の地図』、『はだか』、『世間知ラズ』、『minimal』など、エッセー集に『散文』、『ひとり暮らし』、絵本に『わたし』、『もこ　もこもこ』、『ともだち』などがある。

◆大竹しのぶ
1957年、東京都生まれ。女優。1975年、映画「青春の門〜筑豊編」（東宝）ヒロイン役でデビュー。以降、気鋭の映画監督、舞台演出家の作品には欠かせない女優として圧倒的な存在感は常に注目を集め、映画、舞台、TVドラマ、音楽等ジャンルにとらわれず才能を発揮し、話題作に相次いで出演。作品ごとに未知を楽しむ豊かな表現力は、主要な演劇賞の数々の受賞として評価されるとともに、世代を超えて支持され続けている。

◆岸田今日子
1930年、東京都生まれ。女優。劇作家・岸田國士の次女。岸田衿子の妹。自由学園高校卒業後文学座に入り、「キティ颱風」で初舞台。1963年テレビドラマ「男嫌い」、1964年映画「砂の女」などで人気をあつめ、テレビ、映画、舞台で活躍。1975年「演劇集団　円」を設立。テレビアニメ「ムーミン」の声優としても知られた。1998年『妄想の森』で日本エッセイスト・クラブ賞。2006年12月逝去。

◆おすぎ
1945年、神奈川県生まれ。映画評論家。横浜市立桜丘高校卒業。阿佐ヶ谷美術学園デザイン専門部卒業。デザイナーを経て、「歌舞伎座テレビ室」制作部に勤務の後、1976年、映画評論家としてニッポン放送「オールナイトニッポン」でデビュー。その後「久米宏の土曜ワイドラジオTOKYO」に兄ピーコとともに“おすぎとピーコ”として出演。現在、テレビ・ラジオ・CM出演の他、新聞・雑誌への執筆、トークショーなど多岐にわたり活動している。

◆山田詠美
1959年、東京都生まれ。作家。1985年「ベッドタイムアイズ」で第22回文藝賞を受賞しデビュー。1987年『ソウル・ミュージック・ラバーズ・オンリー』で第97回直木三十五賞、1989年『風葬の教室』で第17回平林たい子賞文学賞、1991年『トラッシュ』で第30回女流文学賞、1996年『アニマル・ロジック』で第24回泉鏡花文学賞、2000年『A2Z』で第52回読売文学賞、2005年『風味絶佳』で第41回谷崎潤一郎賞、2012年『ジェントルマン』で第65回野間文芸賞、2016年『珠玉の短編』で第42回川端康成文学賞を受賞。

◆阿川佐和子
1953年、東京都生まれ。作家・エッセイスト。執筆を中心にインタビュー、テレビ、ラジオ等幅広く活動。1999年『ああ言えばこう食う』（檀ふみとの共著）で第15回講談社エッセイ賞、2000年『ウメ子』で第15回坪田譲治文学賞、2008年『婚約のあとで』で第15回島清恋愛文学賞を受賞。「ビートたけしのTVタックル」（テレビ朝日）、「サワコの朝」（TBS）にレギュラー出演中。近著に『聞く力』（文春新書）、『バブルノタシナミ』（世界文化社）。

本書は二〇一三年四月、単行本として小社より刊行されました。
装画・本文イラスト　佐野洋子
協力　オフィス・ジロチョー

ほんとのこと言《い》えば？

佐野《さの》洋子《ようこ》対談集《たいだんしゅう》

二〇一八年 四 月一〇日　初版印刷
二〇一八年 四 月二〇日　初版発行

著　者　佐野《さの》洋子《ようこ》
発行者　小野寺優
発行所　株式会社河出書房新社
〒一五一－〇〇五一
東京都渋谷区千駄ヶ谷二－三二－二
電話〇三－三四〇四－八六一一（編集）
〇三－三四〇四－一二〇一（営業）
http://www.kawade.co.jp/

ロゴ・表紙デザイン　粟津潔
本文フォーマット　佐々木暁
印刷・製本　中央精版印刷株式会社

Printed in Japan ISBN978-4-309-41601-4

巴里の空の下オムレツのにおいは流れる

石井好子 41093-7

下宿先のマダムが作ったバタたっぷりのオムレツ、レビュの仕事仲間と夜食に食べた熱々のグラティネ——一九五〇年代のパリ暮らしと思い出深い料理の数々を軽やかに歌うように綴った、料理エッセイの元祖。

東京の空の下オムレツのにおいは流れる

石井好子 41099-9

ベストセラーとなった『巴里の空の下オムレツのにおいは流れる』の姉妹篇。大切な家族や友人との食卓、旅などについて、ユーモラスに、洒落っ気たっぷりに描く。

女ひとりの巴里ぐらし

石井好子 41116-3

キャバレー文化華やかな一九五〇年代のパリ、モンマルトルで一年間主役をはった著者の自伝的エッセイ。楽屋での芸人たちの悲喜交々、下町風情の残る街での暮らしぶりを生き生きと綴る。三島由紀夫推薦。

いつも異国の空の下

石井好子 41132-3

パリを拠点にヨーロッパ各地、米国、革命前の狂騒のキューバまで——戦後の占領下に日本を飛び出し、契約書一枚で「世界を三周」、歌い歩いた八年間の移動と闘いの日々の記録。

貝のうた

沢村貞子 41281-8

屈指の名脇役で、名エッセイストでもあった「おていちゃん」の代表作。戦時下の弾圧、演劇組織の抑圧の中で、いかに役者の道を歩んだか、苦難と巧まざるユーモア、そして誠実。待望久しい復刊。

わたしの週末なごみ旅

岸本葉子 41168-2

著者の愛する古びたものをめぐりながら、旅や家族の記憶に分け入ったエッセイと写真の『ちょっと古びたものが好き』、柴又など、都内の楽しい週末“ゆる旅”エッセイ集、『週末ゆる散歩』の二冊を収録！

私の部屋のポプリ

熊井明子　41128-6

多くの女性に読みつがれてきた、伝説のエッセイ待望の文庫化！　夢見ることを忘れないで……と語りかける著者のまなざしは優しい。

季節のうた

佐藤雅子　41291-7

「アカシアの花のおもてなし」「ぶどうのトルテ」「わが家の年こし」……家族への愛情に溢れた料理と心づくしの家事万端で、昭和の女性たちの憧れだった著者が四季折々を描いた食のエッセイ。

読み解き　源氏物語

近藤富枝　40907-8

美しいものこそすべて……。『源氏物語』千年紀を迎え、千年前には世界のどこにも、これほど完成された大河小説はなかったことを改めて認識し、もっと面白く味わうための泰斗の研究家による絶好の案内書！

紫式部の恋　「源氏物語」誕生の謎を解く

近藤富枝　41072-2

「源氏物語」誕生の裏には、作者・紫式部の知られざる恋人の姿があった！　長年「源氏」を研究した著者が、推理小説のごとくスリリングに作品を読み解く。さらなる物語の深みへと読者を誘う。

愛別外猫雑記

笙野頼子　40775-3

猫のために都内のマンションを引き払い、千葉に家を買ったものの、そこも猫たちの安住の地でなかった。猫たちのために新しい闘いが始まる。涙と笑いで読む者の胸を熱くする愛猫奮闘記。全ての愛猫家必読！

表参道のヤッコさん

高橋靖子　41140-8

新しいもの、知らない空気に触れたい——普通の少女が、デヴィッド・ボウイやT・レックスも手がけた日本第一号のフリーランスのスタイリストになるまで！　六十～七十年代のカルチャー満載。

その日の墨

篠田桃紅　41335-8

筆との出会い、墨との出会い。戦争中の疎開先での暮らしから、戦後の療養生活を経て、墨から始めて国際的抽象美術家に至る、代表作となった半生の記。

パリジェンヌ流　今を楽しむ！自分革命

ドラ・トーザン　46373-5

明日のために今日を我慢しない。常に人生を楽しみ、自分らしくある自由を愛する……そんなフランス人の生き方エッセンスをエピソード豊かに綴るエッセイ集。読むだけで気持ちが自由になり勇気が湧く一冊！

パリジェンヌのパリ20区散歩

ドラ・トーザン　46386-5

生粋パリジェンヌである著者がパリを20区ごとに案内。それぞれの区の個性や魅力を紹介。読むだけでパリジェンヌの大好きなflânerie（フラヌリ・ぶらぶら歩き）気分が味わえる！

パリジェンヌ流　今を楽しむ！自分革命

ドラ・トーザン　41583-3

自分のスタイルを見つけ、今を楽しんで魅力的に生きるフランス人の智恵を、日仏で活躍する生粋のパリジェンヌが伝授。いつも自由で、心に自分らしさを忘れないフランス人の豊かで幸せな生き方スタイル！

早起きのブレックファースト

堀井和子　41234-4

一日をすっきりとはじめるための朝食、そのテーブルをひき立てる銀のポットやガラスの器、旅先での骨董ハンティング…大好きなものたちが日常を豊かな時間に変える極上のイラスト＆フォトエッセイ。

アァルトの椅子と小さな家

堀井和子　41241-2

コルビュジェの家を訪ねてスイスへ。暮らしに溶け込むデザインを探して北欧へ。家庭的な味と雰囲気を求めてフランス田舎町へ——イラスト、写真も手がける人気の著者の、旅のスタイルが満載！

著訳者名の後の数字はISBNコードです。頭に「978-4-309」を付け、お近くの書店にてご注文下さい。